Hija del deseo
Chantelle Shaw

Bianca™

HARLEQUIN™

Editado por HARLEQUIN IBÉRICA, S.A.
Hermosilla, 21
28001 Madrid

I.S.B.N.: 978-84-671-6123-6
Depósito legal: B-19887-2008
Editor responsable: Luis Pugni
Preimpresión y fotomecánica: M.T. Color & Diseño, S.L.
C/. Colquide, 6 portal 2 - 3º H. 28230 Las Rozas (Madrid)
Impresión y encuadernación: LITOGRAFÍA ROSÉS, S.A.
C/. Energía, 11. 08850 Gavá (Barcelona)
Fecha impresion para Argentina: 8.12.08
Distribuidor exclusivo para España: LOGISTA
Distribuidor para México: CODIPLYRSA
Distribuidores para Argentina: interior, BERTRAN, S.A.C. Vélez
Sársfield, 1950. Cap. Fed./ Buenos Aires y Gran Buenos Aires,
VACCARO SÁNCHEZ y Cía, S.A.
Distribuidor para Chile: DISTRIBUIDORA ALFA, S.A.

Capítulo 1

ZACHARIE Deverell avanzó a grandes zancadas por el pasillo del hospital, se paró brevemente para mirar el nombre que había sobre la puerta y entró, dirigiéndose a continuación directamente hacia la enfermera que había detrás del mostrador.

–Vengo a ver a Freya Addison. Creo que la ingresaron ayer –le dijo con impaciencia.

La enfermera lo miró intensamente, algo a lo que Zac ya estaba acostumbrado. Las mujeres lo habían mirado siempre así, desde que era adolescente y nunca habían dejado de hacerlo. Ahora, a los treinta y cinco años, su belleza unida a su riqueza y a su poder le hacían blanco de todas las miradas.

Cuando le apetecía, contestaba a aquellas miradas con una de sus devastadores sonrisas, pero aquel día tenía otras cosas en la cabeza. Sólo había una razón para que estuviera allí y, cuanto antes encontrara a Freya para decirle muy claramente lo que opinaba de lo que había hecho, mejor.

–A ver… la señorita Addison… –murmuró la enfermera bloqueada ante la presencia de aquel hombre francés de un metro ochenta que sostenía en brazos a un bebé de aspecto angelical–. Ah, sí, por el pasillo, la tercera puerta de la izquierda, pero ahora mismo no lo puede ver porque está con el doctor. Por favor, tendrá que esperar aquí, señor...

El francés ya avanzaba por el mencionado pasillo y la enfermera tuvo que salir de detrás del mostrador y correr tras él.

–Deverell –murmuró Zac con frialdad–. Me llamo Zac Deverell y tengo que ver a la señorita Addison inmediatamente.

Freya estaba sentada en la cama del hospital, mirándose la muñeca que le habían vendado. Las últimas veinticuatro horas habían sido espantosas. Albergaba la esperanza de estar soñando, de que todo fuera una pesadilla. Pero no era así. Cada vez le dolía más la muñeca y comenzaba a dolerle la cabeza también, reminiscencias ambos dolores de la fuerza con la que su coche había embestido el árbol contra el que había chocado como consecuencia de la tormenta.

El accidente había tenido lugar cuando volvía a casa desde el club náutico en el que trabajaba como recepcionista. Menos mal que no llevaba a su hija con ella, pues la niña estaba en la guardería.

Aimee estaba sana y salva y su madre tenía suerte de estar viva. El coche, sin embargo, había quedado completamente destrozado. Para colmo, iba a tener que estar unos cuantos días de baja laboral, lo que no le venía muy bien, pues su situación económica no era precisamente boyante.

Había pasado la noche en el hospital y el médico le había explicado que se había dañado los ligamentos de la muñeca y que iba a tener que llevar un vendaje durante unas cuantas semanas. Después de recetarle unos analgésicos bastante fuertes, le había dicho que se podía ir a casa.

Freya estaba preocupada, pensando en cómo se las iba apañar para llevar a Aimee y el carrito teniendo en cuenta que vivían en un apartamento situado en el cuarto piso de un edificio sin ascensor y sólo tenía una mano.

No le iba a quedar más remedio que pedirle ayuda a su abuela, la mujer que la había criado cuando su madre la había abandonado siendo un bebé. Joyce Addison había asumido el papel de madre dejándose llevar más por el sentido del deber que por el afecto y Freya se había visto obligada a soportar una infancia sin amor. Cuando se había quedado embarazada y al ver que el padre de la criatura no se quería hacer cargo de ellas, Joyce se había apresurado a dejarle muy claro que ella tampoco las iba a mantener.

Freya suponía que su abuela se habría enfadado cuando el hospital se hubiera puesto en contacto con ella el día anterior para pedirle que fuera a recoger a Aimee a la guardería e incluso había creído que se le iba a presentar en el hospital por la noche con la pequeña, pero no había sabido nada de ella desde entonces y se estaba empezando a poner nerviosa.

Al ver que se abría la puerta, Freya se giró expectante, pero era una enfermera.

–¿Saben algo de mi abuela? ¿Ha llamado? Mi hija está con ella, pero se tiene que ir a Nueva York.

–Por lo que sé, su abuela no ha llamado, pero su hija está aquí, en el hospital –contestó la enfermera alegremente–. Está con su tío. Le voy a decir que puede pasar.

–¿Con su tío? –se asombró Freya, pues Aimee no tenía ningún tío.

–Sí, le he pedido al señor Deverell que esperara en el vestíbulo principal mientras el médico la atendía. Parecía impaciente por verla –le explicó.

La enfermera desapareció antes de que a Freya le diera tiempo de hacerle más preguntas. Una vez a solas, se pasó la mano por el pelo mientras se preguntaba quién exactamente estaría cuidando de Aimee porque era imposible que fuera el hombre en el que había pensado al oír el apellido Deverell y del que llevaba dos años intentando olvidarse. La enfermera debía de haberse equivocado.

–¡Mamá!

Al oír la voz de su hija, Freya volvió a mirar hacia la puerta. Al instante, sintió un inmenso alivio y un tremendo amor, pero casi inmediatamente sus ojos se encontraron con los ojos de un hombre al que hubiera preferido no volver a ver.

–¿Zac? –murmuró asombrada.

Zac Deverell. Hombre de negocios multimillonario y famoso playboy además de presidente ejecutivo de la multinacional Deverell's, dueña de centros comerciales exclusivos en todo el mundo.

Al instante, su presencia dominó la estancia. Estaba todavía más guapo de lo que lo recordaba, pero Freya no acertaba a asimilar su presencia allí. Como si quisiera borrarla, cerró los ojos. Lejos de olvidarse de él, la imagen de su torso bronceado acudió a su memoria.

Zac era el epítoma de la perfección masculina y durante unos meses increíbles Freya había tenido libre acceso a su cuerpo.

De repente, recordó vívidamente lo que había experimentado sintiéndolo sobre ella, las pieles de sus cuerpos juntas, sus piernas entrelazadas hasta hacerse uno solo...

Freya suspiró y abrió los ojos, observó la belleza de Zac, sus pómulos altos, su mandíbula cuadrada y su pelo negro. Aquel hombre tenía unos ojos profundos y azules como el mar Mediterráneo... exactamente iguales que los Aimee.

Aquel pensamiento la devolvió a toda velocidad a la realidad y, al ver lo feliz que parecía su hija en brazos de Zac, frunció el ceño. Había soñado muchas veces con una imagen parecida, pero nunca había creído que llegaría a verla.

—¿Qué haces aquí? ¿Y desde cuándo eres el tío de Aimee? —le preguntó con voz trémula.

Zac se quedó mirándola en silencio, con el ceño fruncido.

—Se me ocurrió que era más fácil decir al personal del hospital que soy un familiar. ¿Crees que habría sido más fácil convencerlos de que soy el hombre al que intentaste engañar diciéndole que era el padre de tu hija? —contestó Zac sin levantar la voz para no asustar a la niña.

–¿Qué engaño? –se rió Freya con amargura–. Aimee es tu hija.

–¡De eso nada! –negó Zac dejando a la niña sobre la cama y sonriéndole, recordándose que nada de aquello era culpa de la pequeña.

Aimee era una niña de rizos dorados y enormes ojos azules que tenía la apariencia de un ángel. Su madre, sin embargo, era una mentirosa y una manipuladora y, si no hubiera sido porque realmente tenía aspecto de encontrarse mal, Zac habría creído que todo aquello no era más que otra de sus mentiras.

–Ya hablamos de esto hace dos años, Freya, cuando me dijiste que estabas embarazada. Te vuelvo a decir ahora lo mismo que te dije entonces –dijo Zac con frialdad–. Puede que hayas convencido a tu abuela de que yo soy el padre de la niña, pero tú y yo sabemos que eso no es cierto.

–Nunca te mentí –le espetó Freya.

Al instante, recordó el desprecio que había visto en los ojos de Zac cuando le había dicho que iban a tener un hijo. Zac la había mirado en aquella ocasión con incredulidad y la había acusado inmediatamente de haberlo engañado con otro hombre. A pesar de que había pasado el tiempo, Freya volvió a sentir el mismo dolor en el corazón. De alguna manera, ahora era peor. Las heridas mentales que Zac le había producido eran peores que las heridas físicas sufridas el día anterior. Verlo no hacía sino dar vida de nuevo a su agonía. Freya quería que se fuera porque corría el riesgo de ponerse a llorar y no quería sufrir semejante humillación delante de él.

–Me da igual lo que pienses –le dijo en un hilo de voz–. Creo que lo mejor será que te vayas.

–No he venido por voluntad propia –le espetó Zac–. Estaba en mi despacho tranquilamente esta mañana, preparándome para dar una rueda de prensa, cuando se ha presentado allí tu abuela con la niña. Supongo que lo tenías todo planeado para que el impacto de sus palabras fuera el máximo. Los periodistas y los empleados que estaban allí congregados han oído cómo tu abuela me decía que Aimee es mi hija. Los rumores han llegado ya al consejo de administración.

–¿Aimee estaba esta mañana en Londres? No entiendo nada –dijo Freya confundida–. Llamaron ayer a mi abuela desde aquí para que se hiciera cargo de Aimee. ¿Dónde está nana Joyce?

–Cruzando el Atlántico para empezar su crucero, supongo –contestó Zac–. Me dijo que llevaba muchos años ahorrando para un viaje alrededor del mundo y que nada, absolutamente nada, ni siquiera el hecho de que estuvieras ingresada en el hospital, haría que se lo perdiera.

Zac recordó la reunión que había mantenido con Joyce Addison.

–Estoy hasta las narices de los padres que no os ocupáis de vuestros hijos –le había dicho al entrar en su despacho empujando la sillita de Aimee y entregándole una enorme bolsa en la que estaba todo lo que necesitaba una niña de dieciocho meses–. Me tocó encargarme de Freya cuando su madre se quedó embarazada a los dieciséis años después de haber conocido a un impresentable en una feria.

Cuando Sadie se hartó de jugar a las mamás, se fue
y me dejó a mí con una niña que yo no quería. Le
advertí a Freya desde el principio que los hombres
guapos sois muy peligrosos y que lo único que
queréis es pasar un buen rato –había añadido la
abuela de Freya mirándolo de arriba abajo como si
fuera un semental–. Ya le advertí cuando le ofre-
ciste trabajo en tu barco que lo único que querías
era llevártela a la cama. Evidentemente, lo conse-
guiste, pero ahora ha llegado el momento de que te
responsabilices de tus acciones. No tengo ni idea
de cuánto tiempo va a estar Freya en el hospital y
no me voy a quedar para averiguarlo. Si tú no
quieres cuidar de Aimee, se la entregas a los de
servicios sociales porque yo no pienso cuidar de
otro bebé.

Aquel discurso había disparado la curiosidad de
los allí presentes, que se habían apresurado a disimular. La situación había sido increíblemente humillante y sólo había una culpable.

–No hace falta que sigas fingiendo, Freya –le
dijo con frialdad–. Es evidente que le dijiste a tu
abuela que me llevara a Aimee y, después de haber
conocido a Joyce, te aseguro que no me extraña.
De verdad que lo último que haría del mundo sería
entregarle un niño a esa mujer, pero a mí no me in-
cumbe nada de todo esto. Si lo has planeado para
sacarme dinero con la idea de pedirme una pensión
de manutención, ya te puedes ir olvidando –le espetó enfadándose consigo mismo, pues su cuerpo
estaba reaccionando.

Apenas había estado tres meses con aquella mujer menuda de rostro ovalado y melena rubia, pero dos años después todavía era capaz de hacerle revivir imágenes de sus piernas delgadas y pálidas y sus pechos pequeños y firmes. La pasión que habían compartido había sido explosiva y ahora Zac se encontraba con que la entrepierna del pantalón lo estaba incomodando. La había deseado desde el primer día, desde que había pasado a ser miembro de la tripulación de su lujoso yate, el Isis, y la atracción había sido mutua.

Freya, tímida e inocente, no había sabido disimular lo que sentía por él y Zac no se había andado por las ramas y se había apresurado a convencerla de que donde mejor estaba era en su cama. Claro que había sido una gran sorpresa descubrir hasta dónde llegaba su inocencia. A Zac le gustaba mantener relaciones con mujeres seguras de sí mismas y experimentadas para que fueran parejas que estuvieran al mismo nivel que él a la hora de dar placer sin vínculos emocionales.

Sin embargo, la tentación de sentir su piel cuando Freya lo agarró de la cintura con las piernas y la excitación de percibir su aliento en la oreja rogándole que le hiciera el amor había sido imposible de resistir.

Freya había demostrado con creces que era una discípula deseosa de aprender y a Zac le había encantado enseñarla. Su timidez y su falta de experiencia se le habían antojado divertidas y, en un ataque de locura, le había dicho que se fuera a vivir con él.

Se había arrepentido de aquella decisión en

cuanto había descubierto que se había acostado con otro hombre, lo que lo había llevado a echarla de su casa sin contemplaciones.

Su cama no había permanecido mucho tiempo vacía, ya que su fortuna le aseguraba la afluencia de candidatas. Apenas había pensado en Freya desde que la había mandado de vuelta a Inglaterra y lo irritaba darse cuenta de que la química entre ellos seguía existiendo.

–No le he dicho en ningún momento a mi abuela que te llevara a Aimee –le aseguró Freya–. Te aseguro que serías la última persona a la que le pediría ayuda –añadió mirándolo con sus ojos verdes llenos de furia y dolor.

Freya recordó que, a pesar de que aquel hombre era increíblemente bello, tenía un carácter arrogante y frío que había estado a punto de destruirla. Aun así, su cuerpo debía de tener poca memoria porque estaba reaccionando.

Freya se sentía humillada, pues aquel hombre la había tratado de manera diabólica.

Cuando más lo había necesitado, la había dejado en la estacada, acusándola de haber mantenido dos relaciones a la vez. Le había dejado muy claro que no significaba absolutamente nada para él. Entonces, ¿por qué se le había acelerado el corazón al verlo? ¿Y por qué se empeñaba su cerebro en recordar sus besos y sus caricias?

–Admito que le conté a nana Joyce en su momento que eras el padre de Aimee porque me insistió tanto que, al final, no me quedó más remedio que contarle la verdad... y es la verdad, por mucho que tú no quieras creerla –le dijo con dignidad–. Tú fuiste el primer hombre con el que me acosté y el único, pero tú sabrás qué razones te llevaron a no creerme –añadió con tristeza.

–¿Ah, sí? –contestó Zac sin inmutarse–. ¿Y qué razones crees tú que fueron?

–Evidentemente, antes de que te dijera que estaba embarazada, querías terminar nuestra relación. Llevábamos tres meses juntos, pero tú ya te habías cansado de mí. No lo niegues –lo acusó–. Me di cuenta, no te creas que no. Durante las últimas semanas que estuvimos juntos estabas distante... incluso en la cama.

–No tan distante –se burló Zac–. Tu voraz apetito sexual no permitía que hubiera distancia entre nosotros, Freya. La verdad es que no entiendo cómo te quedaban energías para acostarte con otro.

La crueldad de Zac hizo que a Freya se le llenaran los ojos de lágrimas.

–¿Cómo te atreves? –le espetó indignada–. No me eches a mí la culpa cuando sabes perfectamente que querías terminar conmigo porque ya te habías fijado en Annalise Dubois. Querías que fuera tu siguiente pareja, pero una ex novia embarazada no habría quedado muy bien en toda aquella historia, habría dado al traste con tu estilo.

Freya estaba tan excitada que se había levantado de la cama y ahora la cabeza le daba vueltas. Había palidecido y tuvo que apresurarse a volverse a sentar.

–Ya basta –anunció Zac dando un paso al frente y volviendo a tomar a Aimee para que no se cayera de la cama–. No quiero que la niña pase un mal rato –añadió mirándola.

–Y yo no quiero absolutamente nada de ti –contestó Freya mirándolo furiosa–. Desde luego, no quiero tu dinero –añadió con desprecio–. Lo único que quiero es que admitas que estoy diciendo la verdad.

Era cierto que Freya no tenía ninguna intención de llevarlo a juicio para sacarle dinero, tal y como le había indicado su abuela que hiciera. Zac no quería tener nada que ver con ellas y no pasaba nada, se las podían apañar sin él, pero necesitaba que admitiera que jamás le había mentido.

–¿Por qué no puedes ser sincero conmigo? –imploró.

Zac la miró y se tensó. Se le había abierto el camisón del hospital y se le veía un pecho. Para su horror, su cuerpo reaccionó involuntariamente y el deseo se apoderó de él.

Aquella mujerzuela había intentado colarle una hija que no era suya y ahora, después de dos años, seguía insistiendo en que la niña, que era de otro hombre, era hija suya. Qué humillación darse cuenta de que todavía la seguía deseando. No quería que fuera así, pero lo cierto era que sentía la tentación de besarla.

–¿Y qué sabrás tú de sinceridad, Freya? –le dijo apartándose de la cama y acercándose a la ventana, por la que resbalaba la lluvia–. ¿Creías que no me iba a enterar de la aventura que estabas teniendo con Simon Brooks, ese artista callejero de aspecto anímico? Mónaco es un lugar pequeño y yo me entero de todo. Me podría haber hecho gracia que mi novia me estuviera engañando porque habría sido algo nuevo en mi vida, pero lo que no me hizo ninguna gracia, te lo aseguro, fue que intentaras convencerme de que el hijo de otro era mío.

–Jamás me acosté con Simon –se apresuró a defenderse Freya–. El guardaespaldas que me pusiste para protegerme se equivocó, pero en aquel momento, después de que me hubieras dicho aquellas cosas tan terribles, no podía pensar –recordó–. Desde entonces, he tenido mucho tiempo para pensar y creo que sé lo que ocurrió –añadió mirándolo esperanzada al ver que Zac la escuchaba por primera vez–. Es cierto que pasaba mucho tiempo con Simon, pero sólo éramos amigos. Tú siempre estabas trabajando y me sentía sola –admitió recordando al joven estudiante de arte inglés del que se había hecho amiga–. Nunca hubo nada entre nosotros. Simplemente, nos gustaba charlar.

Simon estaba viajando por la costa mediterránea y vendía cuadros para comer. No se parecía en nada a las amistades glamurosas de Zac, era un chico normal y corriente, un chico con los pies en la tierra y a Freya le encantaba su compañía.

–Supongo entonces que Michel me mintió cuando me dijo que os vio iros de la playa hacia su furgoneta –ladró Zac–. ¡*Sacré bleu*! Contraté a Michel para protegerte. Cuando vio tu cazadora rosa, una cazadora que no tenía nadie más, colgada en la puerta de la furgoneta y, al mirar por la ventana, os vio revolcándoos, no supo qué hacer. Al ser tan rico como yo, existe un riesgo real de que secuestren a cualquier persona que esté conmigo y Michel lo sabía, sabía que tú, al ser mi novia, podías sufrir aquella suerte. No quería que lo tomaran por un voyeur, pero tampoco quería dejarte sin protección, así que al final me llamó para ver qué hacía. Podrás suponer que, cuando llegué a casa después de haber hablado con Michel y, nada más entrar por la puerta, me dijiste que estabas embarazada, no te creyera. Evidentemente, te habías quedado embarazada de un artista que no tenía dónde caerse muerto y querías endosarme el bebé a mí.

Había hablado con tanta furia que Freya sintió que se estremecía, pero se obligó a defenderse, pues aquélla podía ser su última oportunidad.

–Michel no me vio –insistió desesperada–. Creyó verme, pero no era yo. Había quedado en la playa con Simon y con su grupo de amigos. Entre ellos, estaba su novia, Kirsten. En un momento dado, me dijo que tenía frío y le dejé mi cazadora. Era rubia, como yo, y supongo que Michel la confundió conmigo... –le explicó viendo que Zac la miraba sin convicción–. No estuve en la furgoneta de Simon aquel día, jamás te fui infiel, Zac. Por favor, créeme.

Zac la miró en silencio y se rió.

–Has tenido dos años para inventarte una historia. ¿No se te ha ocurrido ninguna mejor? –se burló paseándose por la habitación como un león enjaulado–. No pienso dejar que me manipules. Voy a pedir una prueba de paternidad –anunció–. Cuando quede demostrado que eres una mentirosa, no quiero volver a verte jamás. ¿Entiendes?

–¿Cómo puedes estar tan seguro de que te estoy mintiendo? –murmuró Freya.

Estaba sorprendida de que le doliera tanto lo que Zac pensara de ella. El desprecio de su tono de voz la hacía querer salir corriendo, pero el orgullo la llevó a levantar la mirada. El silencio que se había instalado entre ellos vibraba de tensión.

Zac se giró y se quedó mirándola. Freya no bajó la mirada.

–Sé que estás mintiendo porque me hicieron la vasectomía hace muchos años –contestó muy tranquilo–. Es imposible que Aimee sea hija mía.

Capítulo 2

ZAC se quedó observando con frialdad la sorpresa y la confusión en el rostro de Freya. A continuación, miró a Aimee. La pequeña, que estaba sentada en el suelo, no era, gracias a Dios, una Deverell.

Menos mal, aquello quería decir que jamás sufriría la devastadora enfermedad que habían sufrido sus hermanas gemelas y que había terminado con sus vidas antes de cumplir el año de edad.

Zac era ya un adolescente cuando su madre las había tenido. Los bebés eran normales al principio, pero, al cabo de pocos meses, habían dado síntomas de parecer un desorden genético incurable. Tras su muerte, los médicos habían advertido a sus padres de que él también tenía el cincuenta por ciento de posibilidades de estar afectado. Evidentemente, había escapado a la enfermedad, pero no había pruebas médicas para saber si era portador del gen.

Zac jamás había olvidado el trauma de ver cómo morían sus hermanas y lo destrozados que quedaban sus padres. Ya de adulto, había decidido que no quería correr el riesgo de que sus propios hijos enfermaran y había hecho todo lo necesario para no tener descendencia.

En el momento, había sido una decisión difícil de tomar, pero, con el tiempo, se había acostumbrado a la idea de no tener hijos y había disfrutado de la vida diciéndose que no merecía la pena tener hijos cuando uno podía vivir sin las responsabilidades de una familia, disfrutando de coches caros, potentes barcos y todo lo que le daba su inmensa fortuna. Había disfrutado de numerosas mujeres bellas de las que siempre se terminaba cansando y a las que no tenía problema en reemplazar.

Freya le había gustado más de lo normal, pero jamás se le había pasado por la cabeza que pudiera convertirse en una persona permanente en su vida. Nunca le había hablado de la vasectomía mientras habían estado juntos y tampoco encontraba ahora justificación para darle más razones.

Freya se quedó mirando a Zac, sintiéndose como si el mundo se hubiera salido de eje.

–Pues no te la debieron de hacer bien –le dijo–. No entiendo cómo ha ocurrido médicamente, pero te aseguro que Aimee es hija tuya –insistió desesperada.

–No digas tonterías –le espetó Zac irritado–. Es imposible.

Lo cierto era que Zac era consciente de que había una posibilidad entre dos mil de que la vasectomía no hubiera salido bien, pero, cuando Freya le había dicho que estaba embarazada, hacía menos de una hora que su guardaespaldas le había dicho que la había visto acostándose con Simon Brooks y Zac había dado por hecho que el bebé era suyo.

Seguía estando convencido de que Aimee no era

su hija y se sentía muy disgustado al ver que Freya insistía y le daba excusas patéticas. La respetaría mucho más si dejara de mentir y admitiera que había tenido una aventura con el pintor callejero.

Aquella mujer, que siempre le había parecido guapa, estaba más guapa ahora que hacía dos años. Sin embargo, bajo su exquisita fachada, se ocultaba una mujer retorcida con la que Zac no quería tener nada que ver.

En cuanto se hubiera hecho las pruebas de paternidad, no volvería a verla jamás.

—La enfermera me ha dicho que te han dado el alta —anunció yendo hacia la puerta—. Date prisa, vístete. Nos vamos a Mónaco en avión ahora mismo. En cuanto lleguemos, me haré las pruebas de paternidad. Vamos a terminar con este asunto de una vez por todas.

Media hora después, Freya estaba furiosa. Por lo visto, Zac se creía que tenía derecho a aparecer en su vida de repente y organizársela como le diera la gana.

—No pienso ir a Mónaco contigo —le dijo por enésima vez mientras lo seguía por el aparcamiento del hospital y lo observaba mientras acomodaba a Aimee en la silla de niños que su secretaria le había dejado para el coche.

Seguía lloviendo con fuerza y Zac se había subido el cuello de la cazadora de cuero. Seguía siendo uno de los hombres más guapos que había visto jamás y su cuerpo estaba reaccionando de manera traidora. Había entregado a aquel hombre su virginidad y él le había roto el corazón. Freya jamás había tenido otro amor en su vida y no había dudado al entregarse a él, pero su cruel rechazo la había destrozado y bajo ningún concepto quería volver a aquel lugar en el que había sido tan feliz a su lado.

–Estoy de acuerdo en que hacerte las pruebas de paternidad es la mejor solución, pero te las puedes hacer aquí en Inglaterra –insistió al ver que Zac no contestaba–. No quiero ir a ningún sitio contigo.

–Pues lo siento mucho –contestó Zac terminando de atar a Aimee, abriendo la puerta del conductor y metiéndose en el coche–. Tengo una reunión urgente mañana con el consejo de administración en la filial de Mónaco, así que me viene mejor hacerme las pruebas allí, en mi clínica privada. Sube al coche –le dijo–. He alquilado un avión privado y el piloto nos está esperando.

Freya se subió al coche a regañadientes. Sentía que el corazón le latía aceleradamente. Le habría encantado tener el valor suficiente como para agarrar a su hija y salir corriendo, pero la lluvia, la muñeca herida y la certeza de que Zac corría más que ella y no tardaría en atraparla hicieron que se quedara donde estaba, mirando por la ventana y manteniendo las distancias, eso sí.

–No sé llegar a tu casa –anunció Zac saliendo del aparcamiento del hospital–. Tienes veinte minutos para hacer las maletas. En menos de una hora estaremos volando.

Freya cerró los ojos. Sabía por experiencia que,

cuando aquel hombre quería algo, siempre lo conseguía aunque también era cierto que, a menos que las secuestrara, no había manera de que su hija y ella subieran a su avión.

Freya abrió los ojos lentamente y lo miró de reojo. Al ver sus manos, que agarraban firmemente el volante, no pudo evitar recordar cómo aquellas mismas manos habían recorrido todos los rincones de su cuerpo. Al instante, se sonrojó y se dijo que todo aquello había terminado, su relación había quedado atrás.

Zac la había sentenciado antes de que ella entendiera el delito que se le presuponía. Enterarse de que le habían hecho una vasectomía era, de alguna manera, un gran alivio. Ahora, por lo menos, entendía por qué había reaccionado de manera tan salvaje dos años atrás y por qué estaba convencido de que había tenido una aventura con Simon.

El hecho de que jamás le hubiera hablado de la vasectomía mientras habían vivido juntos ponía de manifiesto lo poco que había significado para él. Jamás habían hablado de tener hijos porque él nunca se había planteado tener nada serio y duradero con ella.

En cualquier caso, era evidente que la operación no había salido bien, pues Freya estaba completamente segura de que Aimee era hija suya.

Cuando Aimee había nacido, a Freya se le había pasado por la cabeza pedirle a Zac que se hiciera las pruebas de paternidad, pero había decidido no hacerlo porque era evidente que Zac no tenía ningún deseo de ser padre y no quería que su hija tuviera la figura de un padre que no quería serlo en su vida.

Aimee era una niña de dieciocho meses, feliz y cariñosa y cuya autoestima era fuerte y segura porque sabía que contaba con el amor incondicional de su madre. Freya no estaba dispuesta a permitir que Zac destrozara aquella confianza, estaba decidida a que su pequeña creciera sabiendo lo mucho que valía, no como le había ocurrido a ella.

Ahora, sin embargo, Zac insistía en que quería hacerse las pruebas de paternidad porque creía que el resultado lo liberaría de cualquier responsabilidad sobre Aimee. Freya, sin embargo, temía su reacción cuando se enterara de la verdad.

Un cuarto de hora después, Zac estaba aparcando el coche frente a la dirección que le había indicado Freya.

–¿Vives aquí? Dios mío, espero que esté mejor por dentro –se lamentó al ver la fachada.

–Pues no, no está mejor por dentro –murmuró Freya sintiendo que el corazón se le encogía al ver cómo Aimee le echaba los brazos a Zac para que la agarrara.

¿Sentiría acaso la niña un vínculo invisible con el que era su padre? Freya se bajó del coche y precedió a Zac escaleras arriba.

–¿Y cómo tenías pensado subir la silla y a Aimee con una sola mano? –le preguntó Zac–. ¿Y qué ocurriría si hubiera un incendio? No podríais escapar con la suficiente rapidez.

–Me las apañaría, como siempre –contestó Freya intentando que no entrara en su casa.

Imposible. Zac ya estaba dentro, inspeccionando con sus penetrantes ojos el pequeño piso en el que vivían las dos. La casa había quedado completamente desordenada el día anterior, cuando habían salido corriendo hacia la guardería. Los cacharros del desayuno todavía estaban en el fregadero. Zac lo miraba todo. A Freya le hubiera gustado que no estuviera allí. No le hacía ninguna gracia que viera cómo vivía.

–No es ideal, pero es lo que me puedo permitir –murmuró.

–No me puedo creer que estés criando a una niña aquí –contestó Zac verdaderamente sorprendido.

Era evidente que Freya había hecho lo que había podido para convertir aquel lugar en un hogar, tal y como demostraban los cojines de colores y la colección de ositos de peluche de Aimee que había sobre el sofá, pero nada podía disfrazar el olor a humedad y el cubo estratégicamente colocado para que cayera la lluvia que se colaba a través del tejado, que obviamente necesitaba reparación.

Zac se recordó que no le incumbía en absoluto cómo viviera Freya, pero ahora entendía que hubiera insistido tanto en hacerle creer que era el padre de Aimee.

Freya se quitó la cazadora mojada sin acordarse de que, con las prisas, no había tenido tiempo en el hospital de ponerse el sujetador. Demasiado tarde. Zac la estaba mirando fijamente. Freya sintió que los pezones se le ponían duros. Zac también debía de haberse dado cuenta. Freya se apresuró a cru-

zarse de brazos. No era el mejor momento para recordar la fuerte atracción sexual que había habido
siempre entre ellos.

–Lo que te he dicho antes, te lo he dicho muy en
serio. No pienso ir a Mónaco contigo –declaró sintiéndose más segura de sí misma ahora que estaba
en su casa–. No me puedes obligar.

–No me tientes –contestó Zac acercándose a
ella–. ¿O es que acaso estás intentando que me en-
fade?

–¿Por qué iba a querer que te enfadaras? –contestó Freya dándose cuenta de que se estaba excitando por momentos.

–Sabes perfectamente que nuestras mejores sesiones de sexo tuvieron lugar después de una discusión –contestó Zac en tono divertido.

Era evidente que era consciente del efecto que
estaba produciendo en ella, lo que hizo que Freya
se sonrojara de pies a cabeza y sintiera ganas de
abofetearlo.

–Lo recuerdo, pero esos encuentros sexuales no
fueron nada del otro mundo. Fueron, más bien,
mediocres –mintió–. Seguramente me estás con-
fundiendo con otra de tus novias. Has tenido tantas...

Freya dio un respingo cuando Zac alargó el
brazo, le colocó la mano en la mandíbula y le levantó el mentón, obligándola a mirarlo a los ojos.

–Sabes perfectamente que nuestra relación sexual no era mediocre en absoluto, *chérie*. Si tuviéramos tiempo, te lo demostraría –le espetó.

Al instante, Freya se encontró mirando su boca

y mojándose inconscientemente el labio inferior. Las chispas de atracción sexual saltaban de un cuerpo al otro, pero, entonces, de repente, Zac la soltó y se apartó.

–Da gracias porque he quedado con otra mujer para cenar esta noche –le dijo–. Date prisa. Haz las maletas o te irás sin ropa.

Freya lo miró furiosa. Como de costumbre, parecía tenerlo todo controlado. Aunque la había insultado en repetidas ocasiones, seguía sintiéndose atraída por él. ¿Adónde había ido a parar su orgullo? Zac la había utilizado como objeto sexual y había abusado de su frágil corazón con su crueldad y su desprecio, pero, al volver a verlo, los sentimientos que había intentando borrar habían vuelto a la vida.

Jamás se había olvidado de él. Aquel hombre había sido el amor de su vida. Freya se dijo que lo que estaba sintiendo era producto del deseo y no del amor. Había aprendido por las malas que era mejor no sentir nada por aquel hombre que, evidentemente, no sentía nada por ella.

Lo último que quería era ir a Mónaco con él, pero no tenía opción. Zac tenía razón. No podía quedarse en aquella casa mientras tuviera mal la muñeca porque ni siquiera podía subir y bajar por las escaleras con su hija.

Freya se dijo que, de momento, no tenía más remedio que aceptar la situación. No sabía exactamente cuánto tiempo tardaría Zac en hacerse las pruebas de paternidad y en tener los resultados, pero se dijo que no creía que fueran a ser más de un par de semanas, tiempo más que suficiente para que se le curara la muñeca y pudieran volver a casa.

Muy bien. Iría a Mónaco con él, pero en esta ocasión iba estar en guardia y no iba a dejar que la innegable atracción sexual que había entre ellos la venciera. Ya no era una chica ingenua sino una mujer independiente que no se iba a dejar tentar por la promesa sexual que veía en la mirada de Zac.

Las luces de Mónaco se reflejaban en la oscuridad de la noche. Mientras el helicóptero sobrevolaba la costa, Zac miró hacia atrás. Aimee estaba completamente dormida junto a la niñera que había contratado.

–Ya casi hemos llegado –le dijo a la mujer–. Le quiero dar las gracias, señora Lewis, por haberse podido incorporar al trabajo en tampoco tiempo.

Jean Lewis sonrió.

–Encantada de ayudar. Cuando lleguemos, voy a meter a Aimee directamente en la cama. A ver si, así, con un poco de suerte, no se despierta. La pobrecita está muy cansada.

Zac asintió y miró a Freya, que estaba sentada muy tensa a su lado. Aquella actitud lo irritaba. Si hubiera sabido cuando había salido para su despacho de Londres que iba a volver a Mónaco con su ex novia y su hija se habría reído a carcajadas, pero ahora no le hacía ninguna gracia.

Zac la miró de reojo y sintió la reacción involuntaria de su cuerpo al fijarse en sus pequeños pechos.

De nuevo, Freya había puesto su vida patas arriba. Se habían separado hacía dos años de manera muy desagradable y nunca había contado con volver a verla, pero, a pesar de que sabía lo que había hecho, le costaba mucho ignorarla.

Freya sentía que Zac la estaba observando. Cuando se movió y su muslo la rozó, estuvo a punto de dar un respingo. Habían abandonado Inglaterra en un avión privado y Zac se había concentrado entonces en su ordenador portátil, lo que Freya había agradecido, pues no tenía nada que decirle.

Sin embargo, al llegar a Niza, habían cambiado a un helicóptero y se había sentado a su lado. Freya había intentado ignorarlo desde entonces, pero no lo había conseguido y se estaba poniendo cada vez más nerviosa.

No quería sentir lo que estaba sintiendo. Era humillante darse cuenta de que todavía le gustaba a pesar de todo lo que le había hecho, pero así había sido siempre. Jamás había podido resistirse a él y, por desgracia, parecía que al resto de las mujeres del planeta les ocurría lo mismo.

Los meses que había pasado con él habían sido los más felices de su vida, pero también había tenido momentos de muchos nervios, pues el miedo la embargaba, el miedo a que Zac se cansara de ella.

Aquello no había hecho sino volverla todavía más insegura.

Zac era uno de los solteros de oro de Mónaco y siempre había sido el centro de atención en todas las fiestas a las que habían acudido juntos. Las mujeres se arremolinaban a su alrededor y lo invitaban descaradamente con sus miradas y sus sonrisas.

En aquellas ocasiones, Zac siempre había respondido con una sonrisa fría y distante, lo que había hecho sentir a Freya segura, pero con Annalise Dubois había sido diferente.

Aquella modelo espectacular había perseguido a Zac con determinación y había intentado seducirlo con ropa que dejaba casi todo a la vista.

A su lado, Freya solía sentirse insípida, sobre todo cuando se daba cuenta de que Zac apreciaba el cuerpo de la espectacular francesa. A partir de entonces, los celos se habían apoderado de ella y la habían convertido en una mujer nerviosa y paranoica que no podía soportar estar separada de él y que cuestionaba todo lo que hacía, cada vez que se quedaba hasta tarde a trabajar o cada vez que tenía que salir de viaje de negocios.

Aquel comportamiento enfurecía a Zac, pero Freya no podía evitarlo. Cuanto más se distanciaba de ella, más la invadía el terror de que se estuviera cansando de su presencia.

Los únicos momentos en los que estaba segura de lo que tenía con él era cuando estaban en la cama. Allí, Zac le demostraba que la pasión que sentía por ella no había disminuido.

Claro que no la había dejado entrar en ningún otro aspecto de su vida y Freya había terminado teniendo la sensación de que el único papel que desempeñaba en la existencia de Zac era complacerlo sexualmente.

Ahogando un sollozo, se obligó a no pensar en el pasado. Llevaba dos años intentando desesperadamente olvidar la vida que había compartido con él y ahora se encontraba volviendo a Mónaco en su compañía.

Debía de estar loca.

–¿Sigues viviendo en el ático? –le preguntó rezando para que hubiera cambiado de casa, para no tener que volver a aquel elegante piso de suelos de mármol en el que una vez creyó contar con el amor de aquel hombre.

–Sí, es una casa que me encanta.

Freya recordó las espectaculares vistas que había desde la casa y se le ocurrió otra pregunta.

–¿Sigues teniendo el Isis?

–Sí, pero no tengo mucho tiempo para salir a navegar. La empresa está creciendo mucho y paso mucho tiempo viajando para abrir nuevas delegaciones. Tu abuela tuvo suerte de encontrarme en Londres –añadió muy serio.

Era evidente que Zac estaba maldiciendo su mala suerte por haber estado en Londres cuando Joyce Addison se había presentado con Aimee en las oficinas de su empresa.

Sin embargo, Freya se estremeció al pensar que no lo hubiera encontrado.

–Yo me alegro de que nana Joyce te encontrara –admitió olvidando por un momento que eran enemigos–. No sé qué habría pasado con Aimee de no haber sido así.

–Seguro que tu abuela se habría quedado con ella.

–No lo sé. Cuando se enteró de que estaba embarazada, de que iba a ser madre soltera, me dejó muy claro que no quería tener nada que ver ni conmigo ni con él bebé. Nunca le hizo gracia tener que criarme. Incluso cuando era pequeña estuve viviendo un tiempo en una casa de acogida –le confió–. Mi madre se había casado y se iba a vivir a Sudáfrica y mi abuela dio por hecho que me iba a llevar con ella. Tuvieron una discusión muy fuerte cuando quedó claro que yo no formaba parte de la nueva vida de Sadie.

Zac apretó los dientes y sintió compasión por Freya. No era de extrañar que su autoestima estuviera destrozada al haber tenido una madre que la había rechazado de aquella manera tan cruel.

–¿Y entonces te metieron en el sistema de acogida?

–Sí, supongo que mi abuela pensó que, cuando mi madre se enterara, recapacitaría y se haría cargo de mí, pero no fue así. Se fue a Durban sin ni siquiera despedirse.

Ahora que era madre, le resultaba imposible entender cómo la suya la podía haber abandonado con tanta facilidad. Era evidente que jamás la había querido. A pesar de que había pasado mucho tiempo, le seguía doliendo.

–Tras aproximadamente seis meses en una casa de acogida, volví a vivir con mi abuela, pero siempre me quedó el miedo de que volviera a entregarme al sistema de acogida. Por eso, intentaba portarme siempre muy bien, no quería que se enfadara. Me pasé muchos años viviendo de puntillas, intentando que no se fijara en mí y dándole las gracias por permitirme vivir con ella.

Había sido una infancia bastante desagradable y no quería que su hija se sintiera jamás como ella se había sentido, inútil e indigna de amor.

–Quiero a Aimee más que a nada del mundo y no voy a permitir que nadie le haga daño. Estoy de acuerdo contigo en que ha llegado el momento de que te hagas las pruebas de paternidad. Espero que estés preparado para el resultado.

Había hablado con tanta determinación que Zac se sorprendió y vaciló, pero se apresuró a asegurarse que estaba mintiendo, no era más que un farol y él no se iba a creer sus mentiras.

–Por supuesto que estoy preparado. Sé cuál va a ser el resultado de las pruebas. Las pruebas confirmarán que no eres más que una cazafortunas –contestó de manera agresiva–. Por fin, no tendrás más remedio que aceptar la verdad y seguir adelante con tu vida, que es lo que yo pienso hacer con la mía –añadió girando la cabeza y mirando por la ventana durante el resto del vuelo.

Capítulo 3

DIEZ minutos después, el helicóptero tomó tierra en la azotea del edificio y Zac tomó a Aimee en brazos y salió de la aeronave.

–Laurent, ¿has seguido mis instrucciones? –le preguntó a su mayordomo.

–Sí, señor, está todo listo –contestó el hombre–. Han traído una cuna y todos los muebles necesarios y hemos preparado una habitación de invitados para la niñera.

–Muy bien –murmuró Zac entregándole a la niña, que dormía, a su niñera–. Por favor, acompañe a *madame* Lewis al dormitorio de la pequeña y ayúdela con cualquier cosa que necesite.

Dicho aquello, se giró y volvió al helicóptero justo en el momento en el que salía Freya. Estaba pálida y parecía cansada.

–No tendrías por qué haber contratado a una niñera. Puedo cuidar de mi hija perfectamente –le espetó.

–¿Ah, sí? ¿Sólo con una mano? –se impacientó Zac–. Jean Lewis tiene unas referencias maravillosas, cuidará muy bien de Aimee.

–¿Dónde están? –preguntó Freya.

Le dolía tanto el brazo que se estaba empezando

a marear, pero no quería admitirlo. Tampoco quería admitir que estaba celosa porque su hija se había acostumbrado muy pronto a su niñera y parecía feliz con ella.

Mientras seguía a Zac hacia la casa, sintió que el pánico se apoderaba de ella. No quería estar allí, no quería recordar el pasado, pero los recuerdos la estaban bombardeando.

Zac se trasladaba en helicóptero con la misma naturalidad y frecuencia con la que la gente normal se movía en coche. Normalmente, cuando acudía a fiestas en Cannes y en St. Tropez iba en helicóptero.

Freya recordó cómo en aquellas fiestas no tenía ojos más que para él, recordó cómo solía mirarla Zac, de manera inequívoca, dándole a entender que en unas cuantas horas habrían vuelto casa y que, una vez allí, darían rienda suelta a su pasión.

Y así había sido la mayor parte de las veces. En algunas ocasiones, ni siquiera conseguían llegar al dormitorio. Era tal la urgencia que Zac tenía por hacerle el amor, que solía depositarla sobre uno de los sofás del salón, le abría las piernas y la penetraba. Se deseaban de manera insaciable, salvaje y primitiva. Freya había olvidado pronto sus inhibiciones y Zac le hacía el amor con tanta creatividad que todavía se sonrojaba al recordarlo.

Freya sintió que el corazón se le aceleraba y se obligó a volver al presente. ¿Pero en qué demonios estaba pensando? ¿Por qué había elegido su libido aquel momento para volver a la vida cuando llevaba dos años haciendo vida monacal?

Zac abrió una puerta y le indicó que entrara.

–Jean se ha llevado a Aimee a su dormitorio.

–¿A su dormitorio? –se sorprendió Freya.

Recordaba que la casa de Zac era una casa de soltero. ¿Dónde diablos habría instalado un dormitorio de niños?

–Sí, le he dicho al personal de servicio que preparara un dormitorio para Aimee. Como os vais a quedar algún tiempo, quiero que os sintáis a gusto –añadió con frialdad.

–Seguro que nos sentimos mucho más a gusto que en la desastrosa casa que tenemos, pero no cuentes con que nos quedemos mucho tiempo –murmuró Freya recordando con resentimiento lo mucho que le había acostado reunir el dinero suficiente para comprar el equipamiento básico para su hija.

A Zac, sin embargo, le había bastado con chasquear los dedos para que Aimee tuviera todo lo que necesitaba. Qué pena que llegara con dos años de retraso.

–Laurent te servirá la cena en la habitación. Te sugiero que te tomes los analgésicos y te metas en la cama. Tienes muy mal aspecto.

Maravilloso, lo que mejor le venía en aquellos momentos era que le recordara que estaba hecha un asco, sobre todo cuando él estaba tan guapo. Se había quitado la cazadora de cuero y Freya se fijó en que la camiseta le marcaba los músculos del pecho, aquellos músculos que tantas veces había recorrido con los dedos.

Aunque su mente le recordaba que tenía que ser

prudente, su cuerpo parecía tener otras ideas. Estaba temblando, pero no por el frío sino porque se moría de ganas de acariciar a aquel hombre.

Freya tragó saliva y se quedó mirando la alfombra.

–Se me ha olvidado el cepillo de dientes. No he tenido tiempo de hacer bien el equipaje.

–Tienes todos los productos de aseo personal que necesites en el baño –contestó Zac–. La ropa que te dejaste hace dos años sigue en el armario –añadió.

–¿De verdad? –se sorprendió Freya–. ¿No la tiraste en cuanto me fui? –añadió recordando humillada cómo la había echado de su casa.

Zac se encogió de hombros.

–No la he guardado con la idea de que algún día volverías, no te hagas ilusiones –le espetó–. Se me había olvidado por completo que estaba ahí, pero la doncella la encontró cuando estaba preparando tu habitación –añadió consultando el reloj y dirigiéndose hacia la puerta–. Me tengo que ir. ¿Te puedes desvestir tú sola o necesitas que te ayude?

Freya lo miró enfadada.

–No necesito tu ayuda, gracias –contestó con frialdad, intentando disimular la curiosidad que sentía por saber con quién habría quedado aquella noche.

Seguro que con una mujer impresionante. ¿Sería su pareja actual? Freya se dio cuenta de que se estaba poniendo celosa y se dijo que no era asunto suyo con quién saliera Zac. Sin embargo, a pesar de que intentaba mostrarse racional, el monstruo de los celos decidió que tenía que decir la última palabra.

–Para que lo sepas, me alegro de que no tuvieras intención de reanudar nuestra relación porque yo no volvería contigo ni por un millón de libras.

Zac la miró con los ojos entornados.

–Pues has vuelto –le recordó.

–Sí, pero porque me has obligado a venir... yo no quería.

–Ya lo veo –se burló.

Freya se giró y, al ver su reflejo en el espejo, comprendió la contestación de Zac. Estaba sonrojada y tenía las pupilas dilatadas, los labios entreabiertos, prácticamente implorando que la besara y los pezones erectos, amenazando con atravesarle la blusa.

Era evidente que estaba excitada.

Maldiciéndose a sí misma por su estupidez, se fue a ver a su hija, que estaba profundamente dormida en una de las habitaciones de invitados que había sido transformada en dormitorio infantil.

Freya pensó que iba a ser temporal. Evidentemente, cuando Zac se enterara de que era el padre de Aimee, se iba a llevar la sorpresa de su vida, pero Freya no contaba con que se lo tomara demasiado bien y tenía intención de volver a Inglaterra cuanto antes para que su hija no se diera cuenta de que su padre no la quería.

No tenía ni idea de lo que haría Zac cuando tuviera los resultados de las pruebas, pero no contaba con que le pidiera perdón. Como mucho, le ofrecería algún tipo de apoyo económico. De ser así,

Freya lo metería en una cuenta para cuando su hija fuera mayor, pues ella no quería ni un solo penique del dinero de Zac.

En cuanto se le hubiera curado la muñeca, se iría de allí con la intención de no volver a verlo jamás.

Acababa de volver a su habitación cuando el mayordomo apareció con una tortilla de delicioso aroma. Se mostró educado en todo momento, pero no hizo el menor gesto de que se acordara del tiempo que Freya habían vivido en aquella casa.

Seguramente, Zac no habría tardado en reemplazarla por otra mujer. Probablemente, Annalise Dubois. ¿Sería con ella con quien iba a salir Zac aquella noche? Aquella idea le quitó el apetito por completo, así que se dirigió al baño, donde se duchó teniendo cuidado de no mojarse el vendaje.

A continuación, se tomó dos analgésicos porque le dolía terriblemente el brazo y se metió en la cama con la esperanza de obtener el descanso que tanto necesitaba.

Zac metió el deportivo en el aparcamiento y subió en el ascensor privado a su ático.

Mientras se quitaba la corbata y se la metía en el bolsillo de la chaqueta, pensó en el desastre de cena que acababa de compartir con Nicole.

No había sido culpa de la chica, que había acudido a la cita increíblemente guapa, con un vestido de amplio escote y apertura lateral que dejaba poco para la imaginación.

A lo largo de la velada, en uno de los mejores restaurantes de Montecarlo, se había mostrado alegre y dicharachera, contando montón de cosas de su vida, que parecía discurrir entre salir de compras y tomar el sol en el yate de su padre. Mientras hablaba, le sonreía de manera sensual, indicándole que quería pasar la noche con él.

Era la tercera vez que salían juntos y las normas de aquel juego tácito al que jugaban los dos dictaban que aquella noche la atractiva mujer de pelo castaño iba a obtener por fin lo que deseaba, que su relación diera un paso adelante y se convirtiera en una aventura sexual, pero en algún momento entre los aperitivos y el postre Zac había perdido el apetito tanto por la comida como por la compañía y, en lugar de visualizar los muslos bronceados y tonificados de Nicole, su mente se había empeñado en recordar la delgada figura de Freya.

Era la mujer de piel más delicada que jamás había conocido. Parecía que los rayos del sol no tenían permiso para tocarla.

Zac recordó entonces que el primer hombre en tocarla jamás había sido él y, al instante, sintió que la entrepierna se le endurecía, pues compartir la cama con ella había sido espectacular y no había conseguido tener la misma sensación con ninguna otra mujer.

Y lo había intentado.

Sin embargo, aquella noche, no se sentía ni siquiera mínimamente interesado por Nicole, así que, después de cenar, la había llevado a casa y había declinado educadamente su invitación a subir a tomar un café.

Visiblemente disgustada, la chica no había tenido más remedio que aceptar su rechazo. Zac se sentía mal, muy irritado. Para empezar, consigo mismo, para seguir, con la vida en general y, para terminar, con la mujer que había conseguido ponérsela patas arriba en menos de veinticuatro horas.

Zac entró en casa y se dirigió al salón para servirse una copa, pero, al ver a Freya acurrucada en el sofá, se paró en seco. Había un montón de libros y documentos sobre la mesa y ella estaba tan concentrada leyendo que no se dio cuenta de que había llegado.

Zac dispuso entonces de unos segundos para observarla. Al instante, se dio cuenta de que llevaba una bata de seda gris que le sonaba de algo. Le había comprado mucha ropa mientras estuvieron juntos y siempre lo había hecho eligiendo con cuidado para que todas las piezas fueran sensuales.

Freya seguía absorbida en su lectura y Zac sintió que se enfadaba todavía más, pues no estaba acostumbrado a que lo ignoraran. Tras encogerse de hombros, entró al salón. Sólo entonces Freya levantó la mirada.

–Zac... –murmuró.

Al instante, Zac sintió que le corría fuego por las venas. Se sentía más vivo que nunca.

–No esperaba que me estuvieras esperando despierta –comentó dirigiéndose al bar para servirse un coñac.

–No te estaba esperando, no te preocupes –contestó Freya–. Ni siquiera sabía si ibas a volver a dormir –añadió.

Se había metido en la cama, pero no había conseguido conciliar el sueño, pues las imágenes de Zac haciéndole el amor a otra mujer se lo habían impedido, así que, al final, había decidido estudiar un poco.

Al ponerse en pie, se le abrió un poco la bata, dejando al descubierto el minúsculo camisón que llevaba. Había tenido que hacer el equipaje con tantas prisas que se había olvidado varias cosas esenciales, incluyendo las camisetas enormes que utilizaba para dormir.

Aquel camisón que se había dejado en aquella casa no era un camisón normal y corriente sino una prenda elegida para seducir y, cuando percibió los ojos Zac recorriendo su cuerpo, no pudo evitar sonrojarse.

–Ahora que has llegado, me voy –murmuró recogiendo sus libros.

Con las prisas, se le cayeran las carpetas y salieron hojas volando hacia la alfombra.

–No podía dormir y he decidido ponerme al día con el trabajo –balbució mientras Zac la ayudaba a recoger los folios.

–¿Qué tipo de trabajos es? –le preguntó devolviéndole sus cosas–. No hace falta que huyas de mí, Freya –añadió al ver que Freya retiraba la mano a toda velocidad–. Es cierto que nos vemos obligados a estar juntos por circunstancias difíciles, pero los dos somos adultos y estoy seguro de que somos capaces de mantener una conversación civilizada –añadió poniéndose en pie–. ¿Quieres beber algo?

Freya lo que de verdad quería hacer era irse. En el tiempo que había pasado con Zac, no habían hablado demasiado, no habían perdido el tiempo en conversar, lo habían pasado más bien todo en la cama. Sin embargo, seguía sin tener sueño y se dijo que, tal vez, una copa la ayudara a conciliarlo.

–Está bien... sírveme una copa de vino blanco –contestó.

Zac así lo hizo y, a continuación, le ordenó que se sentara, así que Freya se volvió a encontrar sentada en el sofá. Zac se acomodó en el que había enfrente, con los dos primeros botones de la camisa desabrochados.

–¿A qué te dedicas que tienes que estar a las doce de la noche trabajando? –le preguntó.

Él solía acostarse casi siempre de madrugada, trabajando hasta bien pasada la medianoche, pero él era ejecutivo y adicto al trabajo.

–No es trabajo exactamente... estoy estudiando a distancia –contestó Freya–. Quiero ser profesora para poder ayudar a Aimee. De momento, tengo que hacerlo así porque tengo que trabajar durante el día y no puedo ir a la universidad porque no me queda tiempo. Sólo puedo estudiar por la noche, cuando la niña está dormida –le explicó.

Lo que no le dijo era que, a veces, estaba tan cansada después de trabajar y de cumplir con sus responsabilidades como madre soltera que no le quedaban fuerzas para ponerse a estudiar. Por eso,

llevaba el trabajo atrasado y tenía que entregar varias tareas en breve.

Zac consiguió ocultar su sorpresa. Durante los
meses en los que habían vivido juntos, realmente
no la había conocido. En aquel entonces, su carga
de trabajo era especialmente fuerte y, después de
pasarse todo el día trabajando, lo único que quería
era llevársela a la cama. Siempre le preguntaba qué
tal le había ido el día, pero solía hacerlo más por
educación que por verdadero interés y se había
sentido realmente agradecido de que Freya no
fuera mujer de dar detalles de su vida.

Siempre le había parecido callada y fácil y, para
ser sincero consigo mismo, había echado mucho
de menos el efecto calmante que tenía sobre él,
pero ahora se daba cuenta de que realmente sabía
muy poco sobre ella. Tal vez, fuera su aire miste-
rioso lo que lo intrigaba.

–Es evidente, por cómo estaba tu casa, que no te
va bien económicamente –comentó terminándose
la copa de coñac–. ¿Brooks no te pasa una pensión
ni nada? ¿Ya no tienes contacto con él ? –le preguntó de manera cortante.

Freya decidió que no había sido buena idea pedir una copa de vino y la dejó sobre la mesa. El
que se había tomado le estaba haciendo efecto, había soltado los diques que mantenían su furia
atada.

–Lo cierto es que lo veo de vez en cuando –contestó con mucha calma–. Seguimos siendo amigos
aunque ahora vive en Italia. Estoy segura de que
me ayudaría si se lo pidiera, pero Aimee no es hija

suya, así que no hay razón para que se lo pida. Esa responsabilidad es de su padre, ¿no te parece? –añadió mirándolo directamente a los ojos.

Zac no bajó la mirada.

–Estoy completamente de acuerdo contigo… espero que lo encuentres, *chérie* –contestó levantando su copa–. ¿Brindamos por los padres ausentes?

Bajo la burla, Freya detectó enfado y aquello la hizo indignarse. ¿Qué derecho tenía Zac a enfadarse cuando era ella la que tenía que hacer auténticos malabares para llegar a fin de mes? Él vivía allí, en aquella casa lujosa, y no tenía ni idea de lo que era el mundo real, pero verbalizar su resentimiento no la iba a llevar a ningún sitio porque Zac estaba convencido de que Aimee no era hija suya y lo cierto era que Freya entendía perfectamente que así lo creyera teniendo en cuenta que tenía hecha una vasectomía, lo que dejaba muy claro que no quería ser padre.

Freya no se quería ni imaginar el enfado tan monumental que se iba a apoderar de él cuando tuviera los resultados de las pruebas de paternidad.

–Tendremos que esperar a los resultados de las pruebas –murmuró poniéndose en pie con lágrimas en los ojos–. Ojalá no hubiera vuelto aquí –le espetó enfadada–. Aimee y yo nos podríamos haber quedado en un hotel en lugar de estar aquí contigo, que eres un ser de mente retorcida.

Zac la miró sorprendido.

–Ya te he dicho que prefiero que nadie se entere de por qué estás en Mónaco. Prefiero que te quedes en casa. Me he puesto en contacto con el hospital. Mañana va a venir una enfermera para tomarnos las muestras –le informó con frialdad poniéndose también en pie–. Tendremos los resultados dentro de diez días y, entonces, podrás irte. Hasta entonces, me temo que vamos a tener que aguantarnos, pero podemos hacerlo de manera inteligente –sonrió.

Freya reconoció el brillo de sus ojos y sintió que el corazón le daba un vuelco. Zac alargó el brazo y la tomó de la cintura. A pesar de que Freya se revolvía con fuerza, se acercó a su boca.

–Seguro que me tienes tanto asco como yo te tengo a ti, pero nuestros cuerpos se atraen, el deseo sexual entre nosotros sigue vivo.

Antes de que a Freya le diera tiempo de contestar, Zac la estaba besando, moviendo los labios sobre su boca, demandando una respuesta por su parte. Freya permaneció con los labios apretados, intentando negarle la entrada. ¿Cómo iba a besarlo cuando acababa de decir que le daba asco?

A pesar de sus intentos por mantenerse mentalmente digna, su cuerpo la estaba traicionando. Cuánto tiempo hacía que no se encontraba entre sus brazos. Cuánto lo había echado de menos.

Freya se encontró depositando las manos sobre sus hombros. Cuando Zac volvió a intentar adentrarse en su boca, abrió los labios ligeramente, momento que Zac aprovechó sin pensárselo dos veces.

–Zac...

Zac se había apoderado de ella, la estaba besando apasionadamente, posesivamente, sus labios estaban marcando su piel mientras su deseo aumentaba y aumentaba intentando que Freya recapitulara.

Cuando Zac sintió que Freya comenzaba a responder, comenzó él también a tranquilizarse y a explorar con su lengua el interior de su boca con intenciones eróticas que dejaron a Freya temblando y con la respiración entrecortada.

Freya se estremeció al sentir la mano de Zac recorriendo su espalda, sus nalgas y su cintura de nuevo. A continuación, le soltó el cinturón de la bata y se la abrió, dejando al descubierto el camisón de encaje que no podía ocultar sus pechos de su mirada hambrienta.

Con movimientos deliberadamente lentos y mirándola con las pupilas dilatadas, le bajó un tirante del camisón por el hombro hasta que un pecho quedó completamente al descubierto.

–No... –murmuró Freya desesperada por pararlo, pero desesperada también por sentir sus caricias.

Cuando sintió que le acariciaba el pezón, dio un respingo. Zac paseó la yema de su dedo pulgar por aquel lugar tan sensitivo de su cuerpo. Freya sintió que una cascada de agua se abría entre sus piernas, gimió y se dejó caer sobre él, pero Zac se tensó y levantó la cabeza.

–Nunca tuviste reparos en la cama –le dijo mirándola con desprecio–. No me mires así porque sé perfectamente lo que quieres y creo que en su día te demostré sin lugar a dudas que te lo puedo dar.

Freya quedó horrorizada ante cómo le estaba hablando, con disgusto y crueldad. Era evidente que Zac estaba sorprendido de desearla y que se despreciaba a sí mismo por ello.

Cuando la soltó, Freya perdió el equilibrio y creyó que iba a vomitar.

–No voy a negar que sabes cómo excitarme –admitió con amargura–. Pero es sólo eso, Zac. Soy una mujer normal y tengo mis necesidades, pero no pienso caer –añadió con dignidad–. No significas absolutamente nada para mí –añadió recogiendo sus libros y dirigiéndose a la puerta con la intención de refugiarse en su habitación.

–Me alegro de que lo tengas tan claro, *chérie*, porque cuando te meta en mi cama quiero que tengas muy claro que es porque lo único que deseo es tu cuerpo –le espetó–. *Bonne nuit* –murmuró–. Que duermas bien, Freya.

Al verlo sonreír, creyéndose superior, Freya perdió el autocontrol, agarró un florero y se lo lanzó.

Por supuesto, Zac lo esquivó sin problema. ¿Había algo en el mundo que aquel hombre no supiera hacer a la perfección?

Freya corrió hacia su habitación, se metió en la cama, se tapó con las sábanas hasta la cabeza y deseó poder olvidar su risa cruel.

Capítulo 4

FREYA iba corriendo por el pasillo de la casa con Aimee en brazos, buscando a Zac. Oía su voz delante de ella, pero el pasillo no se terminaba nunca y no podía alcanzarlo. Lloraba mientras lo intentaba, cargando a Aimee con un dolor insoportable en la muñeca, pero aquel dolor no era nada comparado con el que le producía saber que jamás llegaría hasta Zac, que siempre estaría sola...

–Freya, despierta.

Freya escuchó una voz conocida y, al abrir los ojos, descubrió que no estaba en el pasillo sino en su habitación y que Zac estaba junto a su cama, mirándola con impaciencia.

–Estabas soñando –le explicó frunciendo el ceño–. ¿Quieres contármelo? –le preguntó a pesar de que ya llegaba tarde al trabajo.

A Freya se le había caído un tirante del camisón por un hombro y Zac recordó con espantosa claridad cómo él se lo había bajado todavía más abajo la noche anterior, dejando uno de sus pechos al descubierto. Al ver su pezón rosado, las ganas de cubrirlo con su boca y succionarlo hasta hacerla enloquecer se habían apoderado de él y le había costado un esfuerzo monumental no tumbarla en el sofá y hacerla suya.

El recuerdo le permitió apartarse de la cama para que Freya no se diera cuenta de que se había excitado.

–¿De qué quieres que hablemos? –le preguntó Freya confundida.

No se había despertado especialmente aguda aquella mañana y el ver a Zac junto a su cama, ataviado con un precioso traje gris, no la había ayudado en absoluto.

Freya se colocó el tirante del camisón en su sitio y, al ver el brillo de deseo en los ojos de Zac, rezó para que lo que había ocurrido la noche anterior hubiera sido una pesadilla, pero sentía los labios hinchados, prueba irrefutable de que Zac la había besado y ella había contestado con entusiasmo, una entusiasmo que ahora la hacía estremecerse.

–Del accidente –contestó Zac–. Estabas gritando en sueños. Evidentemente, no estaba siendo un sueño agradable. Me han dicho que hablar ayuda –añadió encogiéndose de hombros.

Lo había dicho como si aquello no fuera con él y Freya pensó que, evidentemente, Zac no se paraba a reflexionar sobre sus emociones como el resto de la gente. Pasaba la mayor parte del día en el trabajo y utilizaba el sexo como actividad de recreo por las noches para volver al trabajo a la mañana siguiente.

–Estoy bien, gracias –murmuró apartando la mirada.

¿Qué diría Zac si supiera que estaba soñando

con él y no con el accidente? Seguro que se escapaba de su habitación como un conejo asustado. Dos años atrás, le había dejado muy claro que lo único que quería con ella era una relación física y, si estaba lo suficientemente loca como para aceptar la invitación que veía en sus ojos, tenía que tener muy claro que aquellas reglas no habían cambiado.

Freya se dijo que no iba aceptar aquella invitación y se tensó cuando Zac se acercó un poco más a la cama, mirándola con deseo. Durante un instante terrorífico creyó que la iba a tocar, pero lo único que hizo Zac fue entregarle un papel.

—Ha llegado la enfermera para hacernos las pruebas —anunció—. Necesito tu firma para que le pueda tomar la muestra a Aimee.

Mientras Freya leía el documento, Zac se alejó de la cama y se quedó mirando por la ventana. A Freya le pareció que el documento era correcto y lo firmó con el corazón latiéndole aceleradamente. En diez días, Zac sabría la verdad. ¿Cómo reaccionaría al enterarse de que Aimee era hija suya?

Era un hombre orgulloso y no le iba a hacer ninguna gracia darse cuenta de que se había equivocado con ella. Zac sintió que Freya lo estaba observando y se giró hacia ella.

—¿Ya no estás tan segura? —le espetó—. Me lo imaginaba, pero yo sí estoy decidido, así que quiero que sepas que, si se te ocurre negarte a dar tu permiso, te llevaré a juicio. En cuanto tenga pruebas de que eres una mentirosa, le pediré al juez una orden de alejamiento para que no puedas acercarte a mí jamás ni me puedas pedir nada.

Freya lo miró iracunda.

–Tengo muy claro lo que quiero hacer y ahora comprendo que debería haber exigido las pruebas de paternidad cuando nació Aimee –le espetó–. Ya estoy harta de que me insultes. Lo único que me impide levantarme y borrarte esa sonrisa de la cara de una bofetada es la certeza de que algún día, no muy lejano, te darás cuenta de que eres un simple mortal como el resto de nosotros y no el ser superior que te crees que eres.

Zac la miró enfadado, se acercó y le arrebató el documento firmado.

–Parece ser que la ratita inglesa asustada tiene lengua viperina –comentó–. Ten cuidado no te vayas a meter en problemas, *chérie*, por hablar demasiado –le advirtió agachándose sobre ella y besándola.

Freya intentó no abrir la boca, pero de nuevo su cuerpo la traicionó y se encontró recibiendo la lengua de Zac. Luchando entre el deseo que sentía por él y la humillación, gimió desesperada mientras Zac se apoderaba de sus labios. Cuando levantó la cabeza, Freya prefirió cerrar los ojos para no ver el desprecio con el que seguro que la estaba mirando.

Lo escuchó maldecir enfadado y, a continuación, oyó un portazo. Cuando abrió los ojos, Zac había desaparecido.

La visita de Zac había dejado a Freya física y emocionalmente agotada, así que decidió meterse en la cama cinco minutos antes de ir a ver a su hija. Sin embargo, cuando volvió a abrir los ojos, la luz del sol entraba en la habitación.

Al mirar el reloj, comprobó horrorizada que era media mañana. ¿Cómo había podido dormir hasta tan tarde sin preocuparse de Aimee? Se disponía a levantarse a toda velocidad cuando escuchó la risa inconfundible de su hija y la niñera que Zac había contratado asomó la cabeza por la puerta.

–Veo que está usted despierta –la saludó Jean Lewis–. Aquí hay cierta personita que quiere verla –añadió abriendo la puerta para que Aimee pudiera pasar.

–Señora Lewis, lo siento mucho, no era mi intención despertarme tan tarde –se disculpó Freya.

–Por favor, llámeme Jean –contestó la mujer sonriendo–. Tiene usted que dormir. El señor Deverell me ha contado lo del accidente. Supongo que, aparte de las heridas, tendrá usted cansancio de la conmoción. Aimee es una niña alegre y divertida y le prometo que la voy a cuidar como si fuera mía –le aseguró–. Yo en su lugar, me quedaría el resto del día en la cama y pediría que me subieran la comida a la habitación.

Freya no tuvo fuerzas para discutir. Se le hacía extraño que otra mujer la cuidara como una madre, porque su abuela jamás se había comportado así con ella. Tras jugar un rato con Aimee, Jean se la llevó a explorar la azotea.

Freya confiaba en aquella mujer, que le había demostrado su amabilidad y su afecto desde el principio. Por primera vez desde el nacimiento de su hija, se relajó al sentir que podía confiarla a otra persona con tranquilidad.

Durante los siguientes dos días, siguió el consejo de Jean. Era cierto que el accidente la había dejado muy cansada y, aprovechando que Jean cuidaba de Aimee, Freya decidió descansar.

Afortunadamente, vio muy poco a Zac. Por las mañanas, cuando se despertaba, ya se había ido a trabajar y no volvía hasta bien entrada la noche. Por lo visto, había ciertas cosas que no habían cambiado.

Freya recordó los días largos y solitarios que había pasado esperando a que volviera. A veces, Zac la llevaba con él en un viaje de negocios, pues su empresa tenía almacenes en varias ciudades europeas, en Nueva York, en Río de Janeiro y en Dubai, pero daba igual el lugar del mundo en el que se encontraran, la rutina siempre era la misma, Freya siempre estaba sola.

Freya pensó apesadumbrada que no había sido más que una esclava sexual, pero tuvo que admitirse a sí misma que había aceptado aquel papel de manera voluntaria. Zac había sido como una adicción y ella había creído estar enamorada de él.

¿Habría confundido el deseo con el amor? Después de todo lo que le había hecho, de lo mal que se había portado con ella, era imposible que siguiera enamorada de él, así que decidió que lo que sentía por él era simplemente sexual.

Aunque no le gustara admitirlo, lo cierto era

que lo deseaba con la misma pasión con la que
lo había deseado cuando era su pareja, pero no
debía cometer el error de vivir en un cuento de
hadas como entonces, no debía confundir su deseo físico con un sentimiento más profundo y,
desde luego, no iba a ceder, no iba a acostarse
con él.

Mucho más animada ante su decisión y con-
fiando en que iba a saber manejar a Zac Deverell y
sus encantos, Freya se levantó y se paseó hasta el
salón, donde se asomó al balcón.

Mónaco era un paraíso de multimillonarios, tal
y como ponía de manifiesto el puerto, repleto de
yates lujosos. Zac disfrutaba de aquella vida de ricos, pero ella nunca se había sentido cómoda ni
con su dinero ni con sus amigos.

En el fondo, siempre había sabido que Zac no
era hombre de casarse ni tener una vida casera
convencional. Zac era un aventurero al que le gustaba vivir con intensidad. Por ejemplo, le gustaban
los deportes de riesgo, bucear y las carreras de fue-
rabordas. Le encantaba todo lo que fuera al límite,
así que jugar a la familia feliz no debía de entrar
entre sus planes, tal y como demostraba que la hubiera rechazado a ella y a su hija. En unos días
más, sabría que Aimee era su hija, pero Freya dudaba mucho que fuera a sacrificar su estilo de vida
por una niña no deseada.

Freya tomó aire, cerró los ojos y elevó el rostro hacia el sol de la última hora de la tarde. Después de tantas semanas de lluvia en Inglaterra, era
maravilloso sentir los rayos, pero su momento de

disfrute se vio interrumpido por una voz conocida.

–Estás aquí. Te llevo buscando un buen rato
–dijo Zac con impaciencia–. Ya veo que estás ocupada.

Freya abrió los ojos y lo miró indignada.

–Aimee está durmiendo y tenía cinco minutos
libres –se defendió–. Te recuerdo que fuiste tú el
que insistió en que me quedara aquí. No es culpa
mía que no tenga nada que hacer.

Aquello le recordaba a las discusiones que tenían cuando estaban juntos y que siempre se debían a que Freya le pedía que trabajara menos y pasara más tiempo con ella. Zac se negaba a hacerlo.
Entonces, las discusiones siempre terminaban en la
cama, donde Freya recapitulaba a la primera cari-
cia, pero ahora las cosas eran muy diferentes.

–Laurent me ha dicho que hoy te encuentras
mejor y veo que así es –comentó Zac mirándola de
arriba abajo–. Aunque supongo que te debe de seguir doliendo la muñeca porque no te has puesto el
sujetador.

Freya se sonrojó de pies a cabeza mientras Zac
miraba sus pechos, cuyos pezones se marcaban
en el algodón de la camiseta. Al instante, Freya
sintió una descarga eléctrica por la columna ver-
tebral.

Haciendo un gran esfuerzo, se giró de nuevo y
se quedó mirando el mar.

–Sí, me encuentro mejor y la muñeca me duele
menos, así que ya no hay razón para que siga aquí.
He decidido que Aimee y yo nos volvemos a Ingla-

terra. Esperaremos allí los resultados de las pruebas.

–Me temo que no te lo voy a poder permitir –contestó Zac.

–Tú a mí no hace falta que me permitas nada –le espetó Freya–. ¿Quién te crees que eres? No soy tu prisionera.

–Claro que no –contestó Zac sintiéndose insultado–. Eres mi invitada aunque confieso que me he tomado la libertad de guardar el pasaporte de Aimee y el tuyo bajo llave... para que no se pierda –añadió al ver que Freya estaba a punto de explotar.

La brisa de la tarde mecía su cabello y arrastraba un maravilloso aroma a limón. El deseo se apoderó de Zac, que tuvo que hacer un gran esfuerzo para no acariciarla.

–Prefiero que estés aquí hasta que tengamos los resultados de las pruebas –comentó–. Cuando los tengamos, te escoltaré personalmente fuera de Mónaco y fuera de mi vida, *chérie*. Hasta entonces, tengo un trabajo para ti, para que te mantengas ocupada.

–Pues ya sabes lo que puedes hacer con ese maldito trabajo –contestó Freya intentando ocultar lo destrozada que se sentía porque Zac siguiera teniendo el poder de hacerle daño–. Una cosa es que me obligues a quedarme, pero no me puedes obligar a estar contigo y, mucho menos, a trabajar para ti.

Zac se rió de manera burlona. Alarmada, Freya dio un par de pasos atrás, hasta que la barandilla del balcón le impidió seguir. Entonces, Zac avanzó hacia ella.

—A estas alturas, deberías saber que hago siempre lo que quiero —le dijo con arrogancia—. No te voy a poner a trabajar en una mina de sal, lo que quiero es que me acompañes a una cena esta noche. Viene un hombre de Estados Unidos, un hombre de negocios que se llama Chester Warren y viene acompañado por su mujer. Después de cenar, iremos al ballet. Lo único que tendrás que hacer es sustituir a Francine, mi secretaria. Me iba a acompañar ella, pero está embarazada y no se encuentra bien. Carolyn, la mujer de Chester, es inglesa, así que seguro que tenéis muchas cosas de las que hablar mientras su marido y yo cerramos unos cuantos negocios.

—¿Y de qué quieres que hablemos? —se horrorizó Freya.

Nunca se le había dado bien charlar de cosas superficiales y, cuando le había tocado hacerlo con las amistades de Zac, lo había pasado fatal.

—No sé, ya sé te ocurrirá algo —contestó Zac encogiéndose de hombros con impaciencia—. Seguro que tienes anécdotas que contarle de cuando sales de compras por Bond Street o algo así.

—Claro, como me paso el día saliendo de compras... —se burló Freya exasperada—. Zac, de verdad que creo que tú y yo venimos de planetas diferentes. Yo tengo que hacer un gran esfuerzo para llegar a fin de mes mientras que tú vives en una torre dorada y no tienes ni idea de lo que es el mundo de verdad.

Zac no la estaba escuchando, se había girado y avanzaba hacia la puerta. Freya lo siguió enfurecida.

–No voy a ir contigo, búscate otra persona para entretener a tu amigo y a su mujer –gritó cruzándose de brazos con el ceño fruncido–. ¿Qué es eso? –preguntó cuando Zac le entregó una caja con el nombre de una famosa diseñadora.

–Una cosita para esta noche –contestó Zac.

Freya se quedó mirando la caja y sintió que el corazón se le aceleraba.

–¿Me has comprado un vestido? –preguntó halagada ante la idea de que Zac hubiera encontrado un hueco en su apretada agenda para salir a comprarle algo.

–La verdad es que no. Te lo ha comprado Francine, yo le he dado tu talla y ella ha elegido –contestó Zac pinchando su burbuja de felicidad.

–Habéis perdido el tiempo los dos porque no me lo pienso poner, no pienso ir con vosotros ni a cenar ni al ballet. ¿Por qué has pensado que iba a decir que sí?

–Lo cierto es que pensé que lo harías porque te daría pena mi secretaria, pero, viendo que eso no ha surtido efecto, se me ocurren unas cuantas maneras más de persuadirte –contestó Zac mirándola de manera inequívoca–. Me refiero a ciertas maneras placenteras que a los dos nos encantarían aunque, claro, eso nos haría llegar tarde a la cena –añadió sonriendo.

Freya era consciente de que, si Zac volvía a tocarla, si volvía a besarla, no iba a poder resistirse y era evidente que él también lo sabía, así que tragó saliva y apartó la mirada, humillada, decidiendo que lo mejor que podía hacer era acceder a acompañarlo, pues así no tendría que arriesgarse a que intentara convencerla.

—Ha sido un bonito detalle por parte de tu secretaria tomarse la molestia de comprarme un vestido. Teniendo en cuenta que entiendo perfectamente cómo se debe de sentir, estoy dispuesta a ocupar su lugar esta noche —accedió colocándose la caja del vestido contra el pecho y saliendo muy digna por la puerta.

—Vaya, no esperaba que cedieras con tanta facilidad, *chérie* —se lamentó Zac sinceramente—. Qué pena. Me habría encantado... tener que convencerte.

Unas horas después, Freya se miró al espejo. El vestido que la secretaria de Zac había elegido para ella era muy sencillo, largo por los tobillos y negro, e iba acompañado por una chaquetilla de encaje.

A pesar de su sencillez, el vestido tenía un escote de lo más provocativo. Al verlo, Freya pensó en ponerse otra cosa, pero finalmente decidió no hacerlo, pues no quería retar a Zac, así que completó el conjunto con unos zapatos de tacón alto y se recogió el pelo.

Cuando fue en busca de Zac y vio que la miraba con deseo, sintió que se le aceleraba el pulso y que un escalofrío de triunfo femenino la recorría de pies a cabeza. Era maravilloso saber que no era ella la única que estaba sufriendo una frustración sexual. Zac la deseaba y estaba luchando la misma batalla que ella para controlar su apetito. Saberlo la hizo sentirse poderosa y, en lugar de entrar tímidamente al salón, cruzó la estancia con confianza, consciente de que Zac la seguía con la mirada, consciente de que no podía apartar los ojos de su escote.

Estaba guapísimo con un esmoquin negro y camisa blanca que contrastaba con su piel aceitunada. Por primera vez, Freya se sintió en igualdad de condiciones y lo miró a los ojos, dándose cuenta de que Zac se había sonrojado ligeramente.

El aire del salón estaba cargado de energía sexual y, durante un instante de locura, se le ocurrió pensar qué pasaría, cómo reaccionaría Zac, si se le ocurriera acercarse y besarlo.

Por supuesto, no lo hizo, pues sabía que un beso no satisfaría a ninguno de los dos. Lo que ella quería era sentir su miembro dentro de su cuerpo, quería sentir el éxtasis que había experimentado en otras ocasiones y que no iba a volver a suceder jamás.

La voz de Zac indicándole que debían irse la sacó de sus fantasías sexuales.

El trayecto hasta el hotel en el que habían quedado con el cliente de Zac discurrió en silencio, pero, en cuanto llegaron, Zac volvió a hacer gala de sus conocidos encantos para acompañarla al bar, donde le presentó a Chester Warren y a su esposa.

A partir de aquel momento, Freya se concentró en hablar con Carolina Warren, con la que conectó inmediatamente al enterarse de que provenía de un pueblecito de Hampshire situado no muy lejos de la ciudad en la que había nacido ella.

Tras tomar un cóctel en el hotel, se dirigieron a la ópera, donde disfrutaron de un maravilloso espectáculo de ballet y regresaron al hotel para cenar.

–¿Te gusta vivir en Mónaco, Freya? –le preguntó Chester cuando hubieran terminado de cenar–. Carolyn me ha dicho que eres de la misma zona de Inglaterra que ella.

Freya miró hacia la pista de baile, donde Carolina Warren estaba bailando con Zac.

–Me encanta Mónaco, pero no vivo aquí –contestó Freya–. Sólo he venido a pasar unos días con mi hija. Zac y yo sólo somos… amigos. Dentro de unos días, Aimee y yo volveremos a casa –le explicó preguntándose por qué la idea de irse le hacía sentir un incómodo vacío en la boca del estómago.

Era perfectamente consciente de que no había lugar en la vida de Zac para ella.

–Ah, sólo sois amigos –se sorprendió Chester–. Vaya, cualquiera hubiera dicho que Zac iba a sentar la cabeza por fin –bromeó–. Este chico trabaja demasiado, exactamente igual que hacía su padre, ya va siendo hora de que descanse un poco. Cuando murió su padre hace un par de años, se puso a trabajar como una mula y todavía no ha parado, pero debería hacerlo y formar una familia. No sé si tiene idea de hacerlo. Supongo que cuando decida casarse será porque encuentre una mujer especial.

–Sí, para empezar tendrá que ser una mujer con mucha paciencia para poder soportarlo –contestó Freya celosa ante la idea de que Zac se casara.

–Vaya, *chérie*, me estás poniendo como si fuera un ogro –bromeó Zac en tono divertido a sus espaldas–. No es para tanto, no soy tan insoportable, ¿no?

Freya se sonrojó, giró la cabeza y lo miró, momento que Zac aprovechó para invitarla a bailar. A Freya no se le ocurría ninguna excusa para negarse, así que no tuvo más remedio que aceptar.

–Es evidente que tengo que demostrarte que también tengo un lado encantador –murmuró Zac mientas se dirigían a la pista de baile.

–No hace falta –le espetó Freya–. Te conozco perfectamente y tus famosos encantos a mí no me afectan lo más mínimo –le aseguró intentando distanciarse.

Pero Zac la tenía tomada de la cintura y, al sentir su erección entre las piernas, Freya dio un respingo.

–Qué pena, *ma petite*, porque ya ves cómo estoy –le dijo en tono burlón, poniéndole las manos en la zona lumbar y apretándose contra ella.

–Eres asqueroso –le dijo Freya apretando los dientes e intentando ignorar el calor que se estaba apoderando de ella.

La música era cada vez más lenta y, a medida que se movían por la pista, con las caderas en contacto, Freya se sentía cada vez más desesperada. Al final, optó por cerrar los ojos, pero las sensaciones fueron en aumento, sobre todo cuando Zac comenzó a dibujar pequeños círculos en la parte superior de sus nalgas, lo que la hizo estremecerse de pies a cabeza.

Freya se apretó contra él mientras la música pasaba a un segundo plano. No existía nada más, solamente Zac y las caricias de sus manos, que evocaban una excitación deliciosa entre sus muslos.

Freya pensó que, si no estuvieran vestidos, Zac podría adentrarse adecuadamente en su cuerpo. Estaba viviendo el momento de manera tan intensa que se encontró con que los músculos se le tensaban y, para su sorpresa, comenzó a sentir pequeños espasmos de placer que irradiaban desde su centro. Sintió que Zac se sorprendía, pero ya era demasiado tarde, no podía controlar el clímax y se estremeció de manera incontrolable mientras él se inclinaba sobre ella para besarla e impedir que gritara.

El orgasmo duró apenas unos segundos. Cuando pasó y volvió a la realidad, Freya se dio cuenta de que la gente murmuraba a su alrededor. ¿Se habrían dado cuenta? ¿Cómo había podido tener un orgasmo cuando Zac ni siquiera la había tocado íntimamente?

Muerta de vergüenza, no se atrevía a mirarlo, pero se encontró haciéndolo, como si los ojos de Zac fueran imanes, y se encontró con que Zac sonreía burlón.

—Desde luego, *chérie*, estás hambrienta, ¿eh? Si lo hubiera sabido, habría cancelado la cena.

Freya no contestó, dejó que Zac la guiara de vuelta a la mesa. Parecía que nadie se había percatado de lo que había sucedido, solamente Zac, que seguro que no permitiría que Freya lo olvidara jamás.

Ahora sabía que era suya y que podría tomarla cuando quisiera. Iba a tener que tener cuidado para que no le dañara la autoestima de manera permanente.

Capítulo 5

ERAN casi las doce de la noche cuando dejaron a Chester y a Carolina en el hotel y volvieron a casa.

A Freya le habría encantado estar cansada, pero, sorprendentemente, se sentía llena de energía. Los locos momentos que había pasado en la pista de baile con Zac habían inflamado sus sentidos y habían dejado su cuerpo sediento, pero no iba a pasar nada.

Tenía intención de irse directamente a la cama en cuanto entraran en casa, pero el mayordomo de Zac, Laurent, les dio la bienvenida con una bandeja de café y pastelillos que había preparado expresamente para cuando volvieran.

–Me gustaría irme a la cama –comentó Freya.

–¿Te vas a arriesgar a disgustar a Laurent? –contestó Zac enarcando una ceja–. Desde luego, eres una mujer muy valiente.

Freya sonrió y aceptó la taza de delicioso capuchino que Laurent le había servido aunque lo último que necesitaba en aquellos momentos era una dosis de cafeína. Zac se bebió su café de dos tragos y se acercó al bar para servirse un coñac.

–¿Te apetece tomarte la última copa antes de irnos a dormir? –le preguntó.

–No, gracias –contestó Freya.

Lo que necesitaba era algo que la dejara fuera de combate durante doce horas para no caer en la tentación de tener fantasías sexuales con Zac. La tentación de emborracharse era muy fuerte, pero Freya decidió que ya había hecho suficientemente el ridículo por aquella noche, así que se limitó a darle vueltas al café y a mirar a Zac, que estaba mirando por la ventana.

–¿Cuándo murió tu padre? –le preguntó Freya recordando la conversación que había tenido con Chester Warren–. Chester me dijo que había muerto hace dos años, así que supongo que sería, más o menos, cuando nos conocimos, pero no me dijiste nada.

–Mi padre murió nueve meses antes de que nos conociéramos y no te dije nunca nada porque era un asunto personal que no tenía nada que ver ni contigo ni con nuestra relación –contestó Zac.

Freya se estremeció ante la frialdad de sus palabras.

–Si me lo hubieras contado... no sé, tal vez... podría haberte ayudado de alguna manera.

–¿Cómo? –le espetó Zac–. No creo que hubieras podido hacerlo resucitar. Además, no necesitaba ayuda, sé soportar el dolor yo solo –le aseguró.

Zac odiaba la idea de que otra persona pudiera sentir lástima por él, así que había asumido la pérdida de su padre como había podido, pero siempre él solo, bloqueando el dolor, apartando el tema de su cabeza y siguiendo adelante con su vida como si no hubiera ocurrido nada.

Tras la muerte de sus hermanas gemelas, su madre se había sumido en una profunda depresión que había durado muchos años, hasta que Zac había sido adolescente.

Zac había crecido, así, siendo consciente del poder del amor, pero viéndolo como una emoción destructiva que había destrozado las vidas de sus padres.

Por eso, había decidido que no dejaría jamás que lo atrapara a él.

Cuando su padre murió, su madre volvió a sumirse en un gran disgusto y Zac volvió a encontrarse con que no podía hacer nada por ayudarla. En aquel momento, había aparecido Freya y su sonrisa y su sensualidad había sido un gran alivio que lo habían ayudado a escapar de las emociones de Yvette Deverell.

Lo último que quería Zac en aquellos momentos era compartir su dolor con Freya. Cuando estaba con ella lo único que ansiaba era disfrutar de su maravilloso cuerpo.

La expresión del rostro de Zac ponía en evidencia que no le hacía ninguna gracia que se metiera en su vida privada, pero Freya insistió de todas maneras.

–Chester me ha contado esta noche que te sentiste obligado a demostrarle al consejo de administración de tu empresa que serías digno sucesor de tu padre. Si me lo hubieras contado entonces, si mi hubieras dicho por qué prácticamente vivías en el trabajo, lo habría entendido –comentó.

–Ya y, como no lo hice, te aburriste de esperarme y te buscaste sexo en otra parte –se rió Zac–. Te satisfacía todas las noches, pero debía de ser que no te parecía suficiente. Claro que te recuerdo insaciable, me querías a tu lado mañana, tarde y noche y, cuando no tenías toda mi atención, te comportabas como una niña mimada.

–No es cierto –se defendió Freya–. Quería que tuviéramos una vida normal, como otras parejas, quería que pasáramos los fines de semana juntos y una o dos noches de vez en cuando y no que llegaras a casa a medianoche todos los días y me llevaras a la cama como si fuera... como si fuera una fulana a la que pagabas para que te diera placer –se lamentó dejando la taza sobre la mesa y tensándose cuando Zac se acercó a ella.

–Eso es exactamente lo que eras –le espetó–. Eras mi pareja y te compraba de todo a cambio de... tus servicios –añadió con desprecio.

–Jamás te pedí que me compraras nada –se defendió Freya sintiendo náuseas–. Jamás te pedí nada, ni ropa ni joyas, sólo tu tiempo. Quería estar contigo, no quería cosas materiales –murmuró.

–Sé perfectamente lo que querías –contestó Zac sentándose a su lado–. Cuando decidiste que lo que te daba no era suficiente, lo buscaste en ese artista callejero de pacotilla.

–Jamás me acosté con Simon –insistió Freya intentando apartarse de él.

–Mi guardaespaldas te vio –contestó Zac agarrándola y tumbándola en su regazo.

–Zac, suéltame.

Lejos de soltarla, Zac le agarró ambas manos

con una de las suyas y le bajó los tirantes del vestido con tanta fuerza que la tela se rompió. Freya se encontró con los pechos al descubierto e intentando frenéticamente soltarse de él.

—Por favor, no –repitió asustada, no con él sino consigo misma, pues sabía que no iba ser capaz de resistirse.

Lo cierto era que los modos salvajes de Zac la estaban excitando y, aunque no quería, su cuerpo reaccionó cuando Zac le acarició las costillas y tomó sus senos en las palmas de sus manos.

—No me digas que no me deseas, Freya, porque mira lo que ha pasado en la pista de baile. No te puedes imaginar lo que me ha costado controlarme, he estado a punto de tumbarte en una mesa y de poseerte allí mismo, delante de todo el mundo –dijo Zac con voz trémula.

Al recordar lo que había sucedido, la erección que no había terminado de bajar en toda la noche volvió a cobrar fuerza. Zac necesitaba aliviarse.

—Lo de antes no tendría que haber sucedido –murmuró Freya sonrojándose–. Ha sido una reacción física humillante, no he salido con nadie desde que dejé de estar contigo. Aunque hubiera querido, no habría podido porque he tenido que hacerme cargo de Aimee, pero eso no quiere decir que no tenga las mismas necesidades que todo el mundo.

Y, por lo visto, el único hombre capaz de satisfacer esas necesidades era aquél que tenía en aquellos momentos delante, acariciándole los pechos, deslizando las yemas de sus dedos pulgares sobre sus pezones.

Freya se estaba volviendo loca de placer aunque sabía que se estaba metiendo en territorio peligroso. Su mente le advirtió que debería salir corriendo, pero las piernas no le respondían y lo único que pudo hacer fue quedarse mirándolo anonadada cuando Zac se inclinó sobre ella y comenzó a lamerle una areola.

Freya le puso las manos en el pecho para apartarlo de sí, pero sus dedos la traicionaron, encontraron los botones de la camisa de Zac y los desabrocharon, dejando al descubierto su pecho musculoso y bronceado.

Cuánto tiempo hacía que no lo tocaba. Le encantaba aquel torso fuerte y musculado, aquellos hombros poderosos.

«Ámalo», le dijo una voz en el interior de su cabeza.

Era completamente suya y así se lo hizo saber cuando Zac deslizó su boca hasta uno de sus pechos y succionó sobre uno de sus pezones.

La sensación, tan exquisita, aumentó la necesidad que había comenzado en la pista de baile. Zac se quedó mirándola, murmuró algo y se apoderó de su boca, entregándole besos apasionados, haciendo reaccionar a Freya.

Zac se estremeció de pies a cabeza, se apartó de la boca de Freya y le bajó el vestido por las caderas. Le encantaba observar la respuesta de aquella mujer ante él, así que no apartó sus ojos de los de Freya ni un segundo mientras le quitaba las braguitas y le separaba las piernas.

Las pupilas se le dilataron por completo y gimió

cuando Zac depositó su mano entre su vello pú-
bico, le separó los labios vaginales e introdujo dos
dedos en su interior.

Freya aguantó el aliento, luchando entre la necesidad de que Zac siguiera acariciándola íntimamente y el orgullo, que le indicaba que parara
aquella locura, pero Zac era un maestro en las ar-
tes de seducción y sus dedos continuaron movién-
dose en el interior de su cuerpo mientras con el
pulgar acariciaba con delicada precisión su clítoris, para entonces hipersensible, llevándola a ja-
dear de placer mientras intentaba controlar los
deliciosos espasmos que amenazaban con embar-
garla.

—Zac...

Zac no dejaba de mirarla a los ojos y aquello la
excitaba todavía más, era maravilloso que la mirara disfrutar mientras le daba placer, pero se iba a
morir de vergüenza al día siguiente.

Era imposible no entregarse, porque los dedos
de Zac se movían cada vez más rápido en una
danza sensual y Freya dejó caer la cabeza hacia
atrás, gimió de placer y sintió cómo las oleadas se
apoderaban de ella, recorriendo todo su cuerpo.

En aquel momento, Zac volvió apoderarse de su
boca y la besó lentamente. A continuación, recorrió todo su cuerpo hasta llegar a su entrepierna,
donde encontró de nuevo su clítoris, esta vez con
la lengua, hasta que Freya alcanzó un segundo y
maravilloso orgasmo.

—¿Soy el único hombre que te pone así o te valdría cualquiera cuando estás tan desesperada? ¿Te

valdría Brooks, por ejemplo? –le espetó en tono burlón y frío.

Al instante, Freya sintió un fuerte dolor, como si la partiera por la mitad. Zac seguía pensando lo mismo de ella, que era una mujer mentirosa e infiel. Freya perdió el deseo y se quedó fría, tan fría que comenzaron a castañetearle los dientes y, cuando Zac se llevó la mano a la cremallera del pantalón, sintió náuseas.

–No –imploró mirándolo con los ojos muy abiertos–. Me has dejado muy claro lo que piensas de mí y los dos sabemos que sería incapaz de resistirme a ti. Si hacemos el amor esta noche, te odiaría a ti tanto como me odio a mí misma.

Durante unos segundos, Zac sintió la tentación de ignorar sus súplicas, pues jamás había deseado tanto a una mujer. Lo estaba pasando fatal y sabía que, si seguía adelante, los dos se lo pasarían muy bien, pero, al ver que Freya estaba al borde de las lágrimas, se echó atrás.

Odiaba a las mujeres que podían ponerse a llorar a placer cuando mejor les convenía, pero, precisamente, porque sabía que Freya no era de aquellas mujeres, le impactó su reacción y sintió compasión por ella.

Maldiciendo enfadado, se apartó haciendo un gran esfuerzo.

–Vístete y lárgate –gruñó airándole el vestido y levantándose en dirección al bar.

Desde que la había visto en el hospital, había sabido que iba a tener problemas y no entendía por qué se la había llevado a su casa. Estaba deseando que llegara el día en que pudiera echarla de su vida para siempre.

Tras beberse dos copas de un trago, se giró para dejárselo claro, pero Freya se había ido.

Freya se inclinó sobre la cuna y besó a su hija en la frente. La pequeña se había quedado dormida tras pasar toda la tarde jugando con su niñera en la azotea.

Jean y Freya se habían hecho muy amigas y la iba echar de menos cuando volvieran a Inglaterra, lo que no iba a tardar en suceder, pues ya hacía más una semana que estaban en Mónaco y Zac no iba a tardar mucho en tener los resultados de las pruebas de paternidad.

Tras despedirse de la niñera, Freya se dirigió al salón. Aquella noche Zac hacía una cena en casa y, como su secretaria personal seguía encontrándose mal, había insistido en que Freya lo acompañara.

La relación entre ellos había mejorado desde la última discusión, fundamentalmente porque Freya lo evitaba siempre que podía, lo que no le resultaba muy difícil, pues Zac se iba a trabajar muy temprano y volvía bien entrada la noche.

Claro que también podía ser que volviera tan tarde porque estuviera con otra mujer. Ella no había consentido acostarse con él, pero estaba segura de que habría varias mujeres en Mónaco deseando hacerlo. Cuando pensaba en aquella posibilidad, sentía que los celos se apoderaban de ella.

Estaba como loca por tener los resultados de las

pruebas de paternidad, pues vivir en la misma casa que Zac le estaba destrozando la autoestima, ya no se respetaba a sí misma. Freya no tenía ni idea de lo que Zac haría cuando descubriera que nunca le había sido infiel, pero tampoco le importaba.

Lo encontró en el salón, mirando por la ventana, disfrutando de la espectacular vista que había desde allí.

–¿Pero cómo te atreves a ponerte ese vestido? –le espetó al verla–. ¿Lo has hecho para enfadarme?

Freya había elegido un vestido de seda verde que le gustaba especialmente cuando vivía allí.

–Me dijiste que me pusiera algo de lo que me dejé aquí cuando... cuando me echaste –contestó confusa.

–Es cierto, pero jamás esperé que te fueras a poner precisamente ese vestido, el vestido que llevabas la noche en la que intentaste seducirme para hacerme creer que el hijo que esperabas era mío –contestó Zac con desprecio.

Freya no recordaba si llevaba puesto aquel vestido en aquella ocasión, lo único que recordaba de aquella noche era el tremendo dolor que había sentido cuando Zac la había echado con cajas destempladas de su casa.

–No intenté seducirte –se defendió enfadada.

–¿Ah, no? –se rió Zac con frialdad–. Recuerdo perfectamente que, en cuanto abrí la puerta, te lanzaste a mis brazos. Íbamos a salir a cenar, pero tú tenías otros planes y sabías perfectamente que, en cuanto te colgaras de mi cuello, no podría negarme.

Lo tenía tan cerca que sentía su enfado, que emanaba de su cuerpo y, cuando levantó la mirada hacia sus ojos, lo que vio en ellos la hizo estremecerse. Se trataba de una mezcla de pasión y furia, una mezcla volátil que la llenó de trepidación y excitación.

Era evidente que Zac la deseaba y, cuando descendió sobre ella para besarla, Freya no se pudo mover, se sentía como un conejillo atrapado por las luces de un coche.

Al oír voces procedentes del vestíbulo de entrada, Zac se apartó maldiciendo en voz baja.

–Los invitados acaban de llegar, así que ya no te da tiempo a cambiarte –murmuró–. Que sepas que, cada vez que te mire esta noche, te imaginaré con Brooks –le espetó apretando los dientes y agarrándola de la cintura–. ¿Por qué te has quitado el vendaje? –le preguntó.

–Porque me apetecía liberarme de él durante un par de horas.

En aquel momento, Laurent entró en el salón acompañando a los invitados y, aunque Freya se sentía como si le hubieran metido el corazón en una licuadora, se obligó a sonreír.

–Así, tendré excusa para alejarme de ti un rato –le espetó.

A partir de aquel momento, la velada se convirtió en un infierno. Por suerte, no conocía a ninguno de los invitados, así que no hubo que dar ninguna explicación de su presencia de nuevo en aquella casa.

Los amigos de Zac resultaron personas muy sofisticadas, pero amistosas. Algunas de ellas incluso demasiado amistosas. Para empezar, Mimi Joubert, que había llegado sola a la cena, pero que, a juzgar por lo bien que se llevaba con Zac, no volvería sola a casa aquella noche.

Freya tragó la bilis que le subía hasta la boca y se giró hacia Lucien Giraud, otro amigo de Zac que también había llegado solo y que estaba empeñado en flirtear con ella.

–¿Qué haría falta para convencerte de que salieras a cenar conmigo una noche? –le dijo con tono provocativo, acercándose a ella.

–Mucho más de lo que te imaginas –contestó Freya intentando poner límites con cortesía y educación.

Lo cierto era que aquel hombre estaba comenzando a cansarla, llevaba toda la noche pegado a ella y lo que había comenzado como una conversación agradable se estaba convirtiendo en un incordio.

Cuando Lucien intentó ponerle la mano en el muslo, Freya se puso en pie y anunció que se retiraba. Mientras salía del salón, notó los ojos de Zac clavados en su espalda. Evidentemente, no le había gustado que se fuera de repente, pues, como anfitriona, se suponía que tendría que haberse quedado hasta que todos los invitados se hubieran ido.

A pesar de que estaba increíblemente cansada, Freya no pudo dormirse, así que dos horas después bajó a la cocina para calentarse un vaso de leche.

Había escuchado cómo se habían ido los invitados poco después de que ella se retirara, pero había luz todavía en el dormitorio de Zac y se oía la voz de una mujer.

Evidentemente, no se habían ido todos.

Sintiéndose como si le hubieran dado una patada en la boca del estómago, Freya se dirigió a la cocina y se preguntó cómo le podía doler tanto después de tanto tiempo y de las terribles acusaciones que había vertido sobre ella.

Con los ojos empañados por las lágrimas, llenó un cazo de leche y lo puso al fuego. Mientras se calentaba, se secó la cara con un trozo de papel de celulosa y se dijo que tenía que dejar de comportarse de manera tan patética por mucho que tuviera la certeza de que Zac estaba con otra mujer en aquellos momentos.

Llevaba toda la vida enfrentándose al rechazo. Ya tendría que estar acostumbrada. Freya recordó la cantidad de años que había pasado intentando ganarse el cariño de su abuela, pero nana Joyce nunca la había querido, como tampoco la habían querido nunca su madre ni Zac. Había sido una loca por entregarle su corazón y ahora se sorprendía de que la tratara con desprecio.

Freya escuchó cómo la leche se salía del cazo y se desparramaba sobre el fuego. Para cuando le dio tiempo a reaccionar, agarró el cazo y lo levantó, pero, para su horror, la cocina olía a quemado y se activó la alarma antiincendios.

—¿Qué demonios haces? Creí que estabas acostada.

–No podía dormir –contestó girándose hacia Zac, que había aparecido con aspecto furioso.

Tras apagar la alarma y poner el cazo a remojo, se pasó los dedos por el pelo. Fue entonces cuando Freya se dio cuenta de que lo llevaba alborotado. A juzgar por cómo llevaba la bata, medio abierta, debía de haberse levantado de la cama a toda velocidad.

–Una cosa es que no puedas dormir y otra que te dediques a despertarnos a los demás –se lamentó Zac fijándose en los rastros de lágrimas que había en las mejillas de Freya.

–Lo siento… no quería molestar –murmuró Freya–. Voy a fregar el cazo. Creo que se podrá quitar lo quemado.

–Deja el cazo –le dijo Zac apartándolo.

–Déjame en paz –contestó Freya molesta–. Vuelve a la cama con la señorita Joubert. No la hagas esperar.

–¿Cómo? –se sorprendió Zac.

–Sé perfectamente que se ha quedado a dormir contigo –murmuró Freya intentando controlar sus celos–. Me da igual –mintió–. Los dos somos adultos sin compromiso y puedes hacer lo que te dé la gana, puedes acostarte con quien quieras.

–*Merci, chérie* –contestó Zac con ironía–, pero no tengo intención de irme a la cama con una compañera de trabajo a la que conozco hace apenas unos días. Parece que tú, sin embargo, no tienes el mismo código moral.

–¿A qué te refieres?

–Lo sabes perfectamente. Ni siquiera te has recuperado todavía del accidente y ya estás intentando seducir a otro rico. Claro que supongo que será porque tienes miedo. Dentro de unos días llegarán los resultados de las pruebas de ADN y te tienes que ir buscando a otro hombre para que mantenga a tu hija.

Aquel comentario tan cruel hizo que Freya levantara la mano y abofeteara a Zac. A continuación, se quedó mirándolo horrorizada. Odiaba la violencia física, pero ya no podía más, estaba harta de que la tratara como a una fulana.

Zac la miraba sorprendido y enfadado y Freya comprendió que había ido demasiado lejos, lo que la llevó a salir corriendo por el pasillo. Había avanzado sólo hasta la mitad cuando Zac la agarró del brazo y la tomó en brazos.

–¡Quítame las manos encima! –exclamó Freya horrorizada al ver que Zac la llevaba a su dormitorio–. Si quieres que hagamos un trío, vas listo –añadió cerrando los ojos con fuerza.

Cuando los abrió, se encontró con que la única persona que había en aquel dormitorio era Zac, que la estaba mirando con deseo y determinación.

Capítulo 6

ME TENGO por un hombre bastante paciente, pero ya estoy harto –comentó Zac. Freya se había quedado helada en la cama. Desde allí, observó cómo Zac apagaba la televisión con el mando a distancia y se llevaba las manos al cinturón de la bata.

–Perdón por lo de la señorita Joubert. Es obvio que me he equivocado –se disculpó Freya mientras Zac se quitaba la bata y se quedaba ante de ella completamente desnudo, desnudo en toda su magnificencia.

–¡Zac! –exclamó Freya tragando saliva intentando apartar la mirada de aquel cuerpo masculino tan perfecto.

La piel de Zac brillaba como bronce pulido y Freya no pudo evitar deslizar la mirada por sus músculos abdominales, seguir la hilera de vello que se perdía sobre su abdomen, pasar sobre sus caderas y llegar hasta sus muslos.

Estaba excitado.

–¿Qué haces? –le preguntó.

–Voy a tomar lo que estabas ofreciendo tan abiertamente a Lucien Giraud –contestó Zac con frialdad.

Cuando Freya intentó escabullirse de la cama, se lo impidió colocándose sobre ella a horcajadas.

–Yo no le he ofrecido nada a ese hombre –se defendió Freya con lágrimas en los ojos–. Zac, no quiero acostarme contigo –añadió intentando zafarse de él.

–Mentirosa.

La seguridad que tenía en sí mismo era mortificante, pero, cuando se inclinó sobre ella para apoderarse de su boca, Freya abrió los labios para aceptar la maestría de sus besos.

Después de tantos años separados, era imposible resistirse a él, así que Freya le pasó los brazos por el cuello y le acarició el pelo.

Al ver que recapitulaba, Zac comenzó a besarla más lentamente, más sensualmente, hasta conseguir que a Freya se le saltaran las lágrimas.

Aquel hombre lo era todo para ella, era el único hombre al que había amado en su vida, pero no significa absolutamente nada para él. Aceptar lo que estaba ocurriendo terminaba con su orgullo, pues lo que quería Freya en aquellos momentos era hacer el amor con él a pesar de lo mal que se había portado Zac con ella.

Quería hacer el amor con él una última vez para poder recordarlo durante los años vacíos que tenía por delante.

Zac deslizó los labios por el cuello de Freya y le deshizo los lazos del camisón. A continuación, separó las telas hasta dejar los senos de Freya expuestos ante sus ojos hambrientos. Al instante, se le dilataron las pupilas mientras acariciaba con la yema del dedo pulgar su pezón.

–No hay necesidad de fingir, ¿verdad? Eres la mujer más sensual que he conocido y nunca he podido olvidarme de ti.

Freya se tensó, segura de que le estaba tomando el pelo y esperando que saliera con alguna frase sarcástica, pero Zac se inclinó sobre ella y le lamió en círculos la areola, lo que la hizo temblar.

Zac movió la lengua lentamente hasta llegar al centro del pezón y, una vez allí, succionó, haciéndola gritar de placer. Freya se arqueó contra él, se agarró a sus hombros mientras Zac la atormentaba con su boca y, cuando creyó que ya no iba a poder soportar más, Zac trató al otro pecho con la misma pasión.

–Me deseas, Freya, y yo no puedo aguantar más tampoco –aulló Zac deslizando el camisón por las caderas de Freya y siguiendo el mismo camino con su boca sobre su piel.

Desde sus senos, recorrió su abdomen hasta el minúsculo triángulo de raso color melocotón que escondía su feminidad.

Tras asegurarse a sí mismo que aquella relación iba a ser única y exclusivamente física, Zac percibió el olor inconfundible de la excitación de Freya y supo que estaba perdido.

La atracción sexual que había habido entre ellos había sido siempre explosiva y, aunque sabía que era una mentirosa compulsiva, no se podía resistir a ella. Freya tenía una piel tan sedosa y reflejaba con tanta benevolencia sus deseos que Zac tuvo

que hacer un gran esfuerzo para no penetrarla
como un hombre primitivo.

Tras tomar aire varias veces, consiguió controlar sus hormonas. A continuación, deslizó los dedos
bajo sus braguitas, apartó la tela y lamió los labios
vaginales de Freya de arriba abajo, lentamente, siguiendo todos sus pliegues femeninos hasta que
Freya rotó la pelvis hacia delante para permitirle
acceso completo.

Freya era consciente de que podía decirle que
parara, pero sentía que las piernas le pesaban y que
el cuerpo entero le temblaba de deseo. Aunque era
una locura entregarse a un hombre que la tenía en
tan baja estima, Zac era el único hombre al que había deseado jamás y se moría por experimentar el
delicioso placer de su posesión.

Como si le estuviera leyendo el pensamiento,
Zac se apartó de ella un momento y se quedó mirándola.

—No puedes seguir adelante, ¿verdad? —le pre-
gunto Freya—. Me tienes por una mujer mentirosa e
infiel —le recordó, sorprendiéndose cuando Zac
sacó un preservativo del cajón de la mesilla de noche—. ¿Cómo puedes hacer el amor con una mujer
a la que desprecias? —gritó mientras Zac se ponía
el preservativo tranquilamente, le abría las piernas
y se colocaba sobre ella.

—Por desgracia, tú no eres la única que no puede
controlar su reacción física —se burló agarrándola
de las manos y colocándoselas por detrás de la cabeza—. Sé perfectamente que eres una mentirosa,
pero mi cuerpo te desea —añadió deslizando una

mano bajo sus nalgas, levantándole la cadera y penetrándola de una sola embestida.

Hacía mucho tiempo desde la última vez que había hecho el amor, pero la maestría de las manos y de la boca de Zac la habían humedecido lo suficiente como para dar la bienvenida a su miembro sin dificultad.

Al sentir los músculos vaginales de Freya envolver su erección, Zac suspiró satisfecho, se retiró un milímetro y comenzó a moverse a un ritmo que Freya rápidamente alcanzó.

Con cada penetración, Freya se sentía más cerca del orgasmo y perdió el sentido del tiempo y del espacio mientras el olor de Zac invadía sus sentidos y lo único que oía era su propia voz instándolo a que se moviera más rápido y más fuerte.

—Te voy a hacer daño —murmuró Zac mientras Freya le rodeaba la cintura con las piernas.

Freya se dijo que físicamente no la iba hacer ningún mal, pero sí era cierto que emocionalmente podía destrozarla, pero no era aquel momento para aquellas reflexiones. Lo único que importaba en aquellos momentos era la satisfacción sexual.

—No te preocupes —le aseguró arqueando las caderas en muda súplica—. Te deseo, Zac... quiero que... —sus palabras quedaron interrumpidas por la boca de Zac, que se abalanzó sobre la suya, poseyéndola.

Zac sentía los hombros y la frente empapados en sudor. Era un amante experto que sabía cómo dar placer, pero había llegado el momento de satisfacer sus apetitos, así que agarró a Freya de las nalgas y comenzó a moverse rápidamente en su interior, apretando los dientes cuando sintió que los músculos vaginales de Freya se contraían alrededor de su pene.

Sentía cómo el placer iba aumentando y, cuando creía que ya no iba a poder aguantar mucho más, oyó gritar a Freya y sintió cómo se convulsionaba todo el cuerpo al alcanzar el orgasmo.

La sensual mezcla de placer y dolor que le produjeron sus uñas en la espalda lo pusieron al borde del orgasmo, pero Zac consiguió pararse durante un instante antes de embestirla por última vez, perder por completo el control y dejarse ir.

Freya abrazó el cuerpo sudado de Zac y disfrutó de sentir su peso sobre ella. Por supuesto, su mente ya le estaba recriminando lo que acababa de terminar, pero Freya apartó las recriminaciones y se dijo que quería disfrutar un poco más.

Sentía los latidos del corazón de Zac en el pecho, cerró los ojos y aspiró su olor. Acostarse con él era uno de los peores errores que había cometido en la vida, pero no se arrepentía. A pesar de que Zac no confiara en ella, ella lo amaba y, por lo visto, lo amaría siempre.

Al cabo de un rato, Zac se apartó y se quedó tumbado boca arriba en la cama.

–He decidido que quiero que vuelvas –anunció sin rastro de emoción en la voz–. Quiero que vuelvas a vivir aquí como antes –añadió girándose y mirándola con frialdad–. Eres como una droga y, aunque me doy asco a mí mismo, parece ser que soy adicto a ti. Estoy dispuesto a olvidar tu... indiscreción con Brooks y, si te quedas, aceptaré a tu hija y me ocuparé de ella como si fuera mía, pero, si vuelves a mirar a otro hombre como has mirado esta noche a Lucien Giraud, no me hago responsable de mi reacción.

Freya se quedó mirándolo anonadada mientras intentaba asimilar sus palabras. Sintió amargura, humillación y rabia y cerró los ojos, sorprendida por el dolor que le podía ocasionar aquel hombre todavía. ¿Cómo podía amarlo cuando él parecía decidido a romperle el corazón en mil pedazos?

–Si con eso de que estás dispuesto a olvidar mi indiscreción con Brooks quieres decir que me perdonas por haberme acostado con Simon, te repito que jamás me acosté con él ni con ningún otro hombre –le espetó apartándose de su lado–. ¿Cómo te atreves? ¿Cómo te atreves a insultarme como si fuera inferior a ti? Tu arrogancia me da náuseas... me das asco –le espetó.

Llevaba desde que Aimee había nacido haciendo un gran esfuerzo como madre soltera para trabajar y cuidar de su hija a la vez. Además, cuando la niña dormía, durante los pocos ratos que tenía de tranquilidad, estudiaba para poder tener un título que le permitiera avanzar económicamente en la vida por el bien de Aimee y, mientras ella hacía semejante esfuerzo, Zac había seguido viviendo en aquel ático lujoso, negándose a aceptar que era padre y que tenía una serie de responsabilidades.

«Esto se va acabar», pensó Freya furiosa.

Los resultados de las pruebas de paternidad no podían tardar mucho en llegar y, entonces, Zac se vería forzado a aceptar la verdad. A ver si, con un poco de suerte, se moría de remordimiento al ver con cuánta crueldad la había tratado sin motivo.

Aunque fuera un poco tarde, Freya estaba recuperando el orgullo y respeto por sí misma, lo que la llevó a levantarse de la cama y a hablar con determinación aunque estaba al borde de las lágrimas.

–No necesito nada de ti y, menos todavía que me perdones por algo que no he hecho –le espetó–. Pronto vendrás arrastrándote ante mí y quiero que sepas que jamás, óyeme bien, jamás te perdonaré por cómo me has tratado.

Para su sorpresa, Freya se despertó a las diez de la mañana. Se disponía a salir de su habitación cuando llegó Elise, una de las doncellas, que llamó a la puerta para preguntarle si quería que le subiera el desayuno a la cama.

–No, gracias, Elise –contestó Freya–. ¿Dónde está mi hija?

–Está en la piscina, con el señor Deverell.

Freya se ató la bata.

–¿Zac se ha llevado a Aimee a la piscina? –le preguntó confusa a la doncella.

Aunque la relación entre Zac y ella no era buena, Aimee le había tomado mucho cariño y, para ser sincera consigo misma, Zac trataba a la pequeña con paciencia y amabilidad, con una paciencia y una amabilidad que jamás había tenido con ella.

–Sí, están todos en la piscina. La señora Lewis también. El señor me ha informado de que había pasado usted mala noche y también me ha dicho que, en cuanto se levantara, la quería ver en su despacho.

A Freya le entraron ganas de decirle a la doncella que le dijera al señor que se fuera al infierno, pero se mordió la lengua.

Tras ducharse y vestirse, hizo el equipaje y fue a la habitación de Aimee a recoger las cosas de su hija. Cuando tuvo las pocas pertenencias que habían traído desde Inglaterra, se dirigió al despacho de Zac en busca de los pasaportes.

Después de la humillación de aquella noche, no pensaba quedarse en Mónaco ni un día más.

–¿Buscas algo? –le dijo Zac desde la puerta.

Freya dio un respingo y se sonrojó.

–Los pasaportes –contestó–. Aimee y yo nos vamos. Me niego seguir en tu casa para que me puedas seguir insultando cuanto te plazca –añadió acaloradamente.

Zac entró en el despacho y cerró la puerta con llave. Freya tragó saliva. No quería ni mirarlo porque no quería recordar lo que había compartido con él unas horas atrás.

–Elise me ha dicho que querías verme –dijo nerviosa.

Zac se quedó mirándola, pero no parecía dispuesto a mantenerle la mirada, como en otras ocasiones. Parecía incómodo, algo muy raro en él.

–Te debo una disculpa –anunció.

Freya lo miró sorprendida.

De repente, entendió que se arrepentía de haberse acostado con ella.

–No pasa nada –contestó bajando la mirada–. Yo tampoco estoy muy orgullosa por mi comportamiento de anoche. Nos dejamos llevar. Es obvio que ninguno de los dos quiere que se repita.

–No me estaba disculpando por lo de anoche, *chérie* –dijo Zac enarcando las cejas–. Me pareció una experiencia increíble y me encantaría que se repitiera –añadió en tono divertido–. Sé que tú también te lo pasaste muy bien, así que no te hagas la inocente conmigo porque los dos sabemos perfectamente que eres una gata en celo en la cama. Tengo arañazos en la espalda que así lo demuestran.

–¡Oh! –exclamó Freya sonrojándose de pies a cabeza.

–Lo que me tiene preocupado es que te deseaba tanto que me dejé llevar de manera un poco salvaje y temo haberte hecho daño –contestó Zac–. ¿Te he hecho daño, *ma petite*?

–No –contestó Freya recordando el éxtasis de la noche anterior–. No me hiciste daño, pero me arrepiento de lo que sucedió –añadió pasándose las manos por el pelo–. Si no es eso sobre lo que me querías pedir perdón, ¿sobre qué es?

Zac agarró un documento que había doblado sobre la mesa y se lo alargó. Freya sintió que el corazón se le paraba. Sabía perfectamente que eran los resultados de las pruebas de paternidad.

–Ya sé cuál es el resultado y ahora tú también lo sabes –le dijo sin necesidad de leer el documento.

Dicho aquello, buscó en el rostro de Zac alguna señal de lo que sentía al enterarse de que Aimee era su hija, pero no encontró nada porque Zac se había cuidado muy mucho de no reflejar ninguna emoción.

Durante dos años, Freya había soñado con que, cuando llegara aquel momento, Zac le pediría perdón por cómo la había tratado y le rogaría que se casara con él para formar una familia, pero Zac no parecía dispuesto a proponerle nada parecido.

Era evidente que ni la quería a ella ni quería a su hija.

—Maldita sea, Zac —le espetó ante su silencio—. No hace falta que pongas esa cara de horror —murmuró con amargura—. No quiero ni un penique de tu dinero, lo único que quiero es que Aimee tenga un padre que la quiera y la proteja, pero ya veo que esa persona no vas a ser tú. Ya me encargaré yo. Puedo ser su madre y su padre. Nos vamos a casa —anunció.

—No —contestó Zac.

Zac se había quedado petrificado al enterarse de que Aimee era, efectivamente, su hija. El hecho de que fuera una Deverell la convertía en posible portadora del gen de la enfermedad que había llevado a la muerte a sus hermanas. La pequeña tenía dieciocho meses y estaba sana, lo que era todo un alivio porque los niños enfermos solían morir antes de cumplir el año de edad, así que parecía estar fuera de peligro.

No estaba preparado para descubrir que era padre, pero era cierto que había sentido un instinto protector sobre la hija de Freya en cuanto Joyce Addison se la había entregado y no tenía la menor duda de que querría a Aimee incondicionalmente durante toda su vida, pues era una niña adorable de cuya vida no se quería perder ni un solo día.

Lo que sentía por su madre era más complicado.

En las pocas ocasiones en las que había pensado en ella durante los últimos dos años, la había apartado de su mente diciéndose que era una mentirosa, pero, en cuanto la había vuelto a ver, no había tenido más remedio que aceptar que seguía deseándola. Le había hecho el amor la noche anterior porque no había podido resistirse a ella y ahora sabía que no había motivo para resistirse, pues Freya le había contado la verdad, no le había mentido, lo deseaba tanto como él a ella.

Lo único que tenía que hacer era convencerla para que volviera a su cama.

–Es muy raro que un hombre tenga hijos después de haberse hecho la vasectomía, pero puede suceder y yo soy uno de esos casos –comentó–. Ahora que sé que Aimee es mi hija, acepto que tengo una responsabilidad hacia ella –añadió.

Freya lo interrumpió.

–No, no tienes ninguna responsabilidad hacia ella –le dijo.

Su abuela se había sentido responsable de ella, pero nunca la había querido y no quería que su hija pasara por la misma experiencia.

–Te absuelvo de toda responsabilidad aquí y ahora –le dijo sinceramente–. ¿Qué tenías pensado para mantener tranquila tu conciencia? ¿Establecer unos pagos regulares y mandarle una felicitación de cumpleaños una vez al año? –le preguntó con sarcasmo–. Aimee fue concebida por casualidad, no fue culpa tuya y no hay razón para que te sientas obligado hacia ninguna de nosotras.

–No es una cuestión de obligación –contestó Zac–. Quiero formar parte activa de la vida de mi hija.

Freya lo miró sorprendida.

–¿Quieres decir que quieres tener derechos de visita? Piénsatelo bien, Zac. Un hijo es para toda la vida, no solamente para Navidad –le espetó–. Me parece muy bien que hayas decidido que quieres ver a Aimee de vez en cuando, pero, ¿qué sucederá cuando se pase la novedad de ser padre? Recuerdo cómo me ponía de contenta cuando mi madre decía que iba a venir a verme y lo mal que me sentía cuando no aparecía. No pienso permitir que tú le hagas lo mismo a mi hija.

–No le pienso hacer nada parecido –se defendió Zac enfadado–. Aimee es mi hija y quiero que viva en Mónaco.

–¿Y cómo lo vamos a hacer? Yo no hablo francés con fluidez suficiente como para encontrar aquí trabajo para alquilar una casa. El hogar de Aimee está en Inglaterra y nos vamos ahora mismo. Si de verdad quieres mantener una relación seria con ella, podrás verla siempre que quieras.

–No me refería a que viviéramos en casas separadas aquí en Mónaco y nos pasáramos a la niña como una patata caliente. Quiero que Aimee y tú os vengáis a vivir aquí conmigo.

Freya sintió que un gozo total se apoderaba de ella, pero, de repente, sintió que descendía a los infiernos. Claro que Zac quería que vivieran con él. Le resultaría mucho más cómodo que tener que ir a Inglaterra a visitar a Aimee. Y, en cualquier caso, ¿qué papel jugaría ella en su vida?

–¿Y cómo vas a seguir siendo el soltero de oro de Mónaco con una ex amante y un bebé?

Zac sonrió sensualmente.

–Me parece que desde anoche ya no eres mi ex amante, ¿no? –murmuró.

Freya se dio cuenta de repente de que lo tenía muy cerca, sentía el calor que irradiaba de su cuerpo y las oleadas de magnetismo sexual que había entre ellos, lo que la llevó a dar un paso atrás. Sin embargo, Zac se apresuró a agarrarla de la cintura.

–Ya sabes lo que hay entre nosotros, Freya, no lo niegues –le dijo–. La pasión de anoche era explosiva y era cosa de los dos.

–No –protestó Freya al darse cuenta de que la iba a besar–. ¿De verdad te crees que no tienes más que chasquear los dedos para que caiga rendida a tus pies? –se indignó a pesar de que realmente lo deseaba–. Ayer dejaste muy claro la opinión que tenías de mí. No soy más que una fresca a la que le gustan los hombres ricos...

–Eso lo dije antes de saber la verdad –se apresuró a interrumpirla Zac–. Ahora sé que me equivoqué y estoy dispuesto a aceptar que nunca te acostaste con Brooks.

–Muy bonito por tu parte –contestó Freya–, pero ya es tarde, Zac. Fue una pena que no me creyeras hace dos años... cuando te necesitaba. Me destrozaste con tu desconfianza. Para que lo sepas, jamás volveré contigo. No volvería contigo aunque fueras el último hombre sobre la faz de la Tierra.

—Ya veremos —sonrió Zac abrazándola con fuerza.

—Suéltame, bruto —protestó Freya golpeándole con los puños cerrados en los hombros.

Zac ignoró los golpes y la obligó a mirarlo a los ojos. Freya se supo perdida. Por mucho que protestara, allí era exactamente dónde quería estar, entre sus brazos.

La lengua de Zac exploró el contorno de sus labios hasta que Freya bajó la guardia y Zac introdujo la lengua en el interior de su boca, haciendo que el deseo se apoderara de Freya.

En aquel momento, llamaron a la puerta.

—Ha llegado la señora Deverell —anunció Laurent desde el otro lado de la puerta—. Lo está esperando en el salón.

—¿La señora Deverell? —se rió Freya de manera histérica—. ¿Estás casado?

—No, pero tengo una madre muy puntual —contestó Zac en tono irónico—. El mero hecho de que creas que podría estar casado deja claro la opinión que tienes de mí, *chérie* —añadió apartándose de ella lentamente.

—Sí, es una opinión que me he hecho durante estos dos años durante los cuales he tenido que hacer malabarismos para criar a mi hija sin ti —le espetó Freya.

Era evidente que seguía deseando a aquel hombre, pero Freya se dijo que, mientras Zac atendía a su madre, ella recogería a Aimee y se irían inmediatamente.

—Luego te veo —se despidió Zac saliendo de su despacho.

Una vez a solas, Freya se apresuró a registrar la mesa de nuevo en busca de los pasaportes. Comprar los billetes de avión para Inglaterra iba a dejar su límite de crédito en números rojos, pero no tenía elección.

Haciendo caso omiso de las voces que se oían en el salón, corrió por el pasillo hasta la habitación de Aimee y agarró las cosas de su hija. Con un poco de suerte, podría recogerla en la azotea, despedirse de Jean Lewis y desaparecer antes de que Zac se diera cuenta.

—Ah, estás aquí —dijo Zac entrando en la habitación mientras Freya terminaba de recoger los juguetes de Aimee—. Creía que ibas a venir al salón para que te presentara a mi madre.

—Nunca me la quisiste presentar —le recordó Freya—. ¿A qué vienen ahora tantas prisas?

—Las cosas han cambiado. Cuando vivías aquí, mi madre estaba destrozada por la muerte de mi padre. Se recluyó completamente y sólo quería verme a mí. Ahora, gracias a Dios, está mucho mejor y quiere conocerte.

Freya miró a Zac a los ojos y comprendió que no tenía alternativa, así que se escondió los pasaportes a la espalda y lo siguió por el pasillo.

—Qué niña tan adorable —escuchó que decía una mujer en francés—. ¿Qué edad tiene?

–Dieciocho meses –le contestó Zac a su madre mientras le indicaba a Freya que pasara al salón–. Mamá, te presento a Freya Addison, la madre de Aimee.

–Encantada, señorita Addison –contestó Yvettte Deverell poniéndose en pie y tendiéndole una mano de manicura perfecta.

Se trataba de una mujer increíblemente elegante y Freya no pudo por menos que sentirse inferior, con su falda barata y arrugada. No la ayudó en absoluto que Yvette la mirara de arriba abajo y enarcara las cejas en silencio.

–Tiene usted una niña preciosa –añadió mientras Zac la agarraba de la cintura y la abrazaba contra sí.

–Aimee es mi hija, mamá –le dijo tranquilamente–. Es tu nieta.

Freya vio que a la madre de Zac se le cambiaba la expresión facial. Parecía horrorizada, lo que hizo que Freya se enfureciera. De repente, se vio a la edad de ocho años, avanzando por el camino de entrada de la casa de su abuela, agarrada con fuerza a la mano de la trabajadora social que la había recogido en casa de su familia de acogida y la estaba devolviendo a la de su abuela, que no parecía en absoluto contenta de volver a verla.

–Sube a tu habitación y no hagas ruido –le había dicho–. Puedes bajar a la hora de merendar siempre y cuando no hables. No me gustan las conversaciones de niños –había añadido en tono frío y distante.

La convivencia con su abuela le había marcado

tanto que todavía hoy en día Freya jamás hablaba a menos que alguien le preguntara algo e incluso en su propia casa andaba de puntillas para no hacer ruido. Nana Joyce le había destrozado el alma y no estaba dispuesta a permitir que la madre de Zac hiciera lo mismo con su hija.

–No entiendo nada –exclamó Yvette Deverell mirando a su hijo anonadada–. ¿Qué ha ocurrido aquí? ¿Estás seguro de que es hija tuya?

Aquello fue la gota que colmó el vaso.

–Hemos tenido un pequeño debate sobre si Aimee era hija del carnicero, del sastre o del frutero, pero, al final, resulta que el padre biológico de Aimee es Zac –le espetó a la abuela de la niña mirándola con furia–. En cualquier caso, no se preocupe, *madame*, porque mi hija y yo nos volvemos a Inglaterra ahora mismo y le aseguro que no nos volveremos a ver nunca.

–No entiendo nada, Zac –insistió Yvette pasando al francés para hablar con su hijo mientras Freya corría hacia la puerta con Aimee en brazos.

Zac la interceptó en el camino y se puso en medio para no dejarla salir.

–Deja que nos vayamos –le rogó Freya con lágrimas en los ojos–. Aimee no pertenece a este lugar. Tu madre lo acaba de dejar muy claro. Es mi hija y me la llevo a casa.

–Zac, exijo que me cuentes qué está ocurriendo –le pidió su madre.

–Tranquila, mamá –le ordenó Zac tomando a Aimee en brazos y besando a Freya antes de que le diera tiempo de reaccionar–. Hemos tenido un pe-

queño malentendido, pero ya está todo solucio-
nado –añadió taladrando a Freya con la mirada–.
Freya está de acuerdo en que nuestra hija crezca en
Mónaco con su familia y se van a venir a vivir aquí
conmigo, ¿verdad, *chérie*?

Capítulo 7

N O ME puedo creer lo que le acabas de decir a tu madre –gritó Freya siguiendo a Zac por el pasillo hacia su dormitorio–. Es cierto que vamos a tener que determinar una serie de visitas periódicas porque parece ser que estás decidido a que te den el premio de padre del año, pero no estoy dispuesta a venirme a vivir aquí para que te sea más cómodo –añadió con sarcasmo–. Tengo mi vida, para que lo sepas –añadió furiosa al ver que Zac la ignoraba mientras se desabrochaba la camisa–. ¿Por qué me haces esto? Es evidente que no te apetece nada que viva contigo de manera permanente y no creo que te apetezca tampoco tener las responsabilidades propias de ser padre. Deja que me lleve a Aimee y te prometo que jamás sabrás de nosotras. No te necesito, Zac –mintió, pues lo necesitaba tanto como el oxígeno que respiraba, pero no quería que su hija le tomara demasiado cariño y sufriera después su rechazo.

–A lo mejor tú no me necesitas, es cierto, pero, ¿qué me dices de las necesidades de Aimee? –contestó Zac dándose cuenta de que, después de cómo la había tratado, era normal que Freya no se fiara de él–. Es normal que mi madre esté sorprendida de tener una nieta. Ten en cuenta que ella creía que yo jamás sería padre.

–Tú no querías ser padre –le recordó Freya.

–No, tenía mis razones...

–¿Te refieres a que la paternidad no iba bien con tu vida de playboy? Piénsatelo bien, Zac. Aimee no es un juguete, es una niña que necesita amor.

–Y yo te prometo que lo tendrá –contestó Zac con determinación–. Le puedo dar todo lo que necesita. Es una pena que me haya perdido los primeros dieciocho meses de su vida. No te puedes imaginar la pena que me da. Precisamente por eso, no quiero perderme ni un día más. No voy a discutir contigo, Freya. Tú eres su madre y te necesita, pero también me necesita a mí y te advierto que estoy dispuesto a ir a juicio si me obligas.

–No lo dices en serio –se sorprendió Freya sintiendo un vacío en la boca del estómago.

–Lo digo completamente en serio –le aseguró Zac.

Freya no se lo podía creer. Ella había dado por hecho que, cuando se enterara de que Aimee era su hija, Zac no iba a querer tener contacto con ella y ahora resultaba que quería luchar por la custodia si fuera necesario.

Freya no quería ni pensar en el juicio. Evidentemente, lo ganaría Zac, pues tenía mucho más dinero que ella. Desde el punto de vista material, le podía ofrecer mucho más que ella. Era evidente que Aimee tendría una vida mucho mejor en Mónaco, pero era increíble que Zac creyera que ella podía dejar atrás su vida en Inglaterra e irse a vivir con él así como así.

—Entiendo perfectamente que quieras mantener una relación padre-hija con Aimee, pero, ¿qué papel desempeño yo en tu vida? –le preguntó mientras Zac se quitaba los pantalones.

—Evidentemente, volverás a ser mi pareja. Los dos sabemos que, a nivel físico, estamos hechos el uno para el otro. La atracción sexual entre nosotros es explosiva, tan explosiva como hace dos años. Ahora que sé que no tuviste nada con Brooks, no veo razón para no volver a compartir mi cama contigo –añadió avanzando hacia ella–. El objetivo de ambos es que Aimee tenga una vida segura y estable y si, de paso, nosotros podemos disfrutar de una relación sexual maravillosa, mejor que mejor, ¿no te parece, *chérie*?

A pesar de que estaba enfadada porque Zac era un arrogante que se creía que iba querer volver a compartir la cama con él como si tal cosa, Freya no pudo evitar que su mirada se posara en sus calzoncillos, en cuyo centro había un bulto que demostraba su erección.

—Eres un caradura, Zac –murmuró mojándose los labios–. Te crees que eres un regalo de los dioses y no te has parado a pensar que, a lo mejor, no quiero volver contigo. Somos completamente incompatibles –protestó–. ¿Qué haces? –exclamó al ver que se quitaba los calzoncillos.

—Me voy a duchar –contestó Zac–. Vente conmigo –la invitó.

–¿Estás de broma? –contestó Freya mirándolo estupefacta.

Zac la tomó en brazos y se la llevó al baño.

–Te vienes conmigo y, así, seguimos hablando.

–Podemos hablar luego –contestó Freya.

Zac la ignoró, se metió en la ducha con ella en brazos, completamente vestida, y dejó correr el agua.

–¿Ves como en ciertas cosas somos perfectamente compatibles? –le dijo descendiendo sobre su boca y apoderándose de ella, silenciando sus palabras de enfado.

Zac sabía perfectamente cómo excitarla y Freya estaba todavía excitada del último encuentro, acaecido antes de que llegara su madre.

Sin dejar de besarla, Zac le quitó la blusa y la falda y la besó por el cuello y por el pecho hasta hacerla gritar de placer. Freya se aferró a sus hombros cuando Zac se arrodilló ante ella y le bajó las braguitas.

–Dame la pierna –le dijo colocando el pie de Freya sobre su hombro.

A continuación, le apartó lentamente los labios vaginales e introdujo la lengua entre los pliegues aterciopelados de su feminidad.

Freya gimió y deslizó los dedos entre el pelo de Zac mientras él exploraba su entrepierna hasta dejarla temblando de necesidad.

–Por favor, Zac... –le imploró.

Zac colocó la lengua sobre su clítoris y comenzó a moverla un poco más deprisa, llevándola al borde del éxtasis. Freya se estremeció mientras

notaba que sus músculos se tensaban ante las oleadas de exquisito placer. En aquel momento, Zac se
puso en pie y le ordenó que lo abrazara con las
piernas. Freya obedeció inmediatamente y jadeó
cuando sintió el sexo de Zac dentro de su cuerpo.

La noche anterior, Zac no había podido aguantar mucho, pero en esta ocasión estaba decidido a
demostrarle su maestría, así que la agarró de las
nalgas y comenzó moverse en su interior, penetrándola muy lentamente, haciendo que su pene
acariciara el clítoris de Freya en cada entrada hasta
que la hizo arquear las caderas, pues ya no podía
soportar más placer.

Por fin, Zac cedió a sus súplicas y comenzó a
moverse más rápido, hasta que llevó Freya a un orgasmo que la hizo echar la cabeza hacia atrás y
convulsionarse.

Freya gritó su nombre y encajó los tobillos con
fuerza alrededor de su espalda, pero, en lugar de
dejarse ir, Zac se apartó de repente, haciendo un
evidente esfuerzo por controlarse.

–No tengo preservativos en la ducha –le explicó
al ver la pregunta en los ojos de Freya–. En el futuro, a ver si me acuerdo de que te gusta el sexo
tanto en la cama como fuera de ella –añadió en
tono divertido, agarrando el jabón y comenzando a
dibujar círculos sobre los pechos de Freya–. Ahora
que sé que la vasectomía no funcionó, no me quiero
arriesgar a tener otro hijo por accidente.

–Aunque Aimee fuera un accidente, no me arrepiento de haberla tenido –le aseguró Freya estre-
meciéndose cuando Zac deslizó el jabón por su ab-

domen y llegó a su entrepierna–. Ya basta, ya estoy limpia –añadió enfadada consigo misma, pues, aunque acababan de hacer el amor, estaba de nuevo excitada–. Admítelo, Zac, tú nunca quisiste tener hijos. De haber querido tenerlos, no te habrías hecho la vasectomía. Aunque nos fuéramos a Inglaterra, podrías seguir viendo a Aimee –insistió mientras Zac la sacaba de la ducha, la envolvía en una toalla y la llevaba a su dormitorio–, pero no creo que te haga mucha gracia que una niña viva de manera permanente en esta casa, te advierto que es una atadura.

–Aimee es mi hija y aquí se va a quedar –anunció Zac prácticamente tirándola sobre la cama–. Tú sabes por experiencia que lo mejor para un niño es crecer en un ambiente estable acompañado por sus dos padres, así que, por esa razón, tú también vas a tener que quedarte aquí –le dijo yendo hacia el armario para vestirse–. Tengo que ir al despacho un par de horas, pero no olvidaré tu cuerpo desnudo sobre mi cama. Estás en el lugar perfecto, éste es tu lugar, *chérie*, siempre lista para darme placer –sonrió besándola por la fuerza–. Admítelo, Freya, me deseas. No te preocupes. Eres mi amante y podrás tenerme todas las noches. Sé buena chica y deja de discutir. Muchas mujeres darían lo que fuera por irse a vivir con un amante multimillonario.

Roja de ira, Freya le tiró una almohada.

–Yo no soy así y, si te crees que pienso ser tu amante agradecida y obediente, estás muy confundido –le espetó apretando los dientes.

–Perfecto –contestó Zac desde la puerta con una gran sonrisa–. Será mucho más divertido si eres desobediente.

Dos semanas después, Freya estaba sentada apesadumbrada en una hamaca al sol. A pesar de la belleza del entorno, no se encontraba bien.

La azotea estaba llena de geranios rojos, tenía piscina y se veía el mar a lo lejos. Llevaba toda la mañana observando a Zac jugando con Aimee, pero hacía un rato que Jean se había llevado a la niña a dormir y ella se había quedado a solas con su padre.

–¿No tienes calor? Anda, ven, métete en el agua. Prometo no hacerte aguadillas –le dijo Zac mirándola divertido.

–La última vez me prometiste lo mismo y casi me ahogas –recordó Freya.

–¿No confías en mí? –sonrió Zac.

Freya se quedó pensativa. En lo que a su hija respectaba, tenía muy claro que Zac se había tomado su faceta de padre muy en serio. Habían pasado dos semanas desde que habían llegado los resultados de las pruebas de paternidad y durante ese tiempo Zac se había comportado como un padre modélico.

El vínculo que se había establecido entre Aimee y él era ya muy fuerte. Aimee adoraba a su padre y Freya se sentía cada vez más atrapada. Quería mucho a su hija y quería lo mejor para ella. Aimee se lo estaba pasando en grande en Mónaco, donde todo el mundo la adoraba, desde su padre, pasando por su niñera y los demás miembros de personal e incluyendo al taciturno mayordomo, que no dudaba en ponerse a cuatro patas en el pasillo y dejar que la niña lo montara como si fuera un caballo.

Aimee estaba disfrutando de la vida familiar que Freya siempre había soñado tener cuando era niña.

Hasta la madre de Zac se mostraba encantada con Aimee. Iba a verla casi todos los días, se sentaba con ella en el suelo y jugaba a las cocinitas con su nieta y sus osos de peluche.

Aimee tenía una relación muy especial con su abuela y Freya no quería que se rompiera por nada del mundo.

Definitivamente, su hija estaba en el lugar en el que tenía que estar, pero, ¿y ella?

Zac le había pedido en una ocasión que se fuera a vivir con él por el bien de la niña, pero no le había vuelto a decir nada al respecto ni había intentado volver a hacerle el amor aunque sabía que no podría resistirse a sus encantos.

¿Se habría aburrido ya de ella?

Zac la trataba con mucha educación y cortesía, pero no había vuelto a aparecer por su dormitorio, lo que la llenaba de confusión y de frustración.

Freya intentó no mirarlo. Zac se estaba secando después de haber salido de la piscina. Tenía el bañador pegado al cuerpo como una segunda piel y dejaba poco a la imaginación.

A pesar de que era sábado, tenía la esperanza de

que Zac anunciara que tenía que trabajar, pero, para su sorpresa, se tumbó en la hamaca que había junto a la suya. Freya sintió que el corazón se le aceleraba. Lo tenía demasiado cerca.

–¿Qué es eso? –le preguntó Zac señalando unos álbumes que había sobre la mesa.

–Dijiste que querías ver fotografías de Aimee de pequeña –contestó Freya–. Mi vecina tiene llaves de casa y le he pedido que me los mandara por correo –le explicó–. Casi todas están hechas con cámaras de usar y tirar y no son de muy buena calidad, la verdad –añadió en tono de disculpa mientras Zac pasaba las hojas–. ¿Has visto lo bien que posa? –se rió.

–Está preciosa –murmuró Zac fijándose en una fotografía del primer cumpleaños de su hija.

Cuántas cosas se había perdido.

Alguien había hecho una fotografía de Freya en el paritorio, sonriendo con valentía a pesar de que sus ojos reflejaban mucho cansancio y algo de miedo.

Estaba muy joven y parecía asustada ante la maternidad en solitario que iba a vivir, pero también se la veía decidida y Zac no pudo evitar admirarla.

A pesar de que parecía una mujer frágil por su aspecto físico, no lo era en absoluto y Zac lo sabía bien. Le había dicho que no lo necesitaba y era consciente de que, de no haber sido por el accidente, habría criado a Aimee ella sola y lo habría hecho estupendamente bien.

Sin él.

Ahora que sabía que Aimee era hija suya, quería

recuperar el tiempo perdido y dejar a un lado la opinión errónea que había tenido de Freya durante los últimos dos años. Por eso, le había propuesto que volvieran a ser amantes.

Muchas mujeres habrían dado brincos de alegría ante semejante propuesta pero, típico de Freya, ella había reaccionado como si le hubiera propuesto algo espantoso cuando, en realidad, lo que le ofrecía era una vida lujosa.

¿Qué más quería aquella mujer?

Zac necesitaba arreglar las cosas, estaba impaciente por acostarse con ella, pero, al ver que Freya lo había rechazado, había decidido actuar con tranquilidad, mantener las distancias hasta que ella se diera cuenta de que, por lo menos a nivel físico, estaban hechos el uno para el otro.

Zac estaba intentando seducirla poco a poco con sus encantos, pero no lo estaba consiguiendo. Él, que estaba acostumbrado a salirse siempre con la suya, estaba comenzando a impacientarse seriamente.

En aquel momento, se cayó una fotografía del álbum y los dos alargaron el brazo a la vez para recogerla. Al hacerlo, sus dedos entraron en contacto y Freya se apresuró a retirar la mano. A continuación, mientras Zac le daba la vuelta a la fotografía, murmuró algo incoherente.

Zac comprobó que era una fotografía suya. Freya debía de haberla tomado poco después de haberse ido a vivir con él. Al mirarla, comprobó que Freya estaba sonrojada y no pudo evitar preguntarse por qué habría guardado aquella fotografía. ¿Habría seguido significando algo para ella a pesar de su desconfianza?

–Vaya, no sabía que estaba ahí. Incluso había olvidado su existencia –comentó Freya recogiendo el álbum–. Ahora mismo la tiro. No significa nada para mí –añadió alargando la mano para que Zac le devolviera la fotografía y rezando para que no se diera cuenta de que los bordes estaban doblados de la cantidad de veces que la había apretado contra su pecho.

Sería espantoso que Zac se diera cuenta de que había mirado su fotografía como una adolescente en incontables ocasiones.

–Nos lo pasamos muy bien juntos, ¿verdad, *chérie*? –le dijo él devolviéndosela.

–Querrás decir, que el sexo entre nosotros era bueno –murmuró Freya intentando sonar indiferente.

Volver a la misma casa que había compartido con él dos años atrás estaba resultando increíblemente duro. Cuando Zac la trataba como si fuera una fulana mentirosa, por lo menos, podía intentar engañarse a sí misma y decirse que lo odiaba.

–No era bueno, era maravilloso –contestó Zac–. Si no lo hubiera sido, no habría seguido contigo. Tenía otras mujeres con más experiencia que tú esperando.

–Sí, supongo que cualquiera de ellas ocuparía mi lugar en tu cama en cuanto yo me fui. Por ejemplo, Annalise Dubois.

–Puede ser –contestó Zac encogiéndose de hombros–. Nunca he llevado vida monacal, ni antes de ti ni después de nuestra separación, pero las mejores sesiones de sexo las tuve contigo –declaró apoyando las manos en los brazos de la hamaca de Freya, atrapándola con su gesto.

Freya se encontró mirándose en sus ojos. Zac se inclinó sobre ella.

–Incluso cuando te despreciaba, era consciente de que la química entre nosotros seguía funcionando. Sé que tú también lo sientes así. Sé cómo me miras cuando te crees que no te veo –declaró.

–Tienes una imaginación de lo más calenturienta –le espetó Freya furiosa–. Déjame levantarme, quiero ir a ver a Aimee.

Lejos de dejar que se levantara, Zac se acercó un poco más y la besó en la boca. Freya protestó, pero lo cierto era que era una bendición sentir sus labios después de dos semanas.

Freya abrió los labios. No pudo evitarlo. En cuanto Zac la miraba, estaba perdida. Se odiaba a sí misma por su debilidad, pero, en cuanto Zac le introdujo la lengua en la boca, Freya se dejó llevar por el deseo que se había apoderado de ella desde que había vuelto a Mónaco.

Capítulo 8

YVETTE Deverell seguía viviendo en La Maison des Fleurs, la preciosa casa de muros blancos en la que Zac había pasado su niñez. Allí, dio la bienvenida a Freya con afecto y sonrió encantada cuando su nieta le tiró los brazos para que la agarrara.

–¿Qué tal está *mon petit ange* hoy? ¿Has venido a jugar con tu *mamie*? –le dijo a la pequeña–. Freya, qué bien le queda este vestido. Lo tenían también en azul. Se lo voy a comprar.

–Gracias, pero ya tiene un montón de cosas –contestó Freya pensando en la cantidad de ropa y de juguetes que había recibido en tan poco tiempo.

–Me encanta comprarle ropa –insistió Yvette mirando apesadumbrada a Freya–. Cuando mi esposo murió, mi corazón quedó destrozado, pero, ahora que tengo una nieta, ese espacio ha quedado lleno de nuevo. Siento mucho si te parezco demasiado impetuosa, pero no puedo evitar quererla mucho –añadió con voz trémula.

Freya pensó en su propia abuela y en la niñez tan dura que le había hecho pasar con su frialdad y sonrió.

–Me encanta que le demuestres a Aimee lo mucho que la quieres –le dijo sinceramente mirando a Zac, que jugaba con su hija en la pradera–. Estoy encantada de que mi hija tenga una familia, la veo muy feliz aquí.

–¿Y tú ? –le preguntó Yvette–. ¿Tú eres feliz aquí? Mi hijo no me ha contado nada y yo no he querido preguntar, pero sé que las cosas no siempre han ido bien entre vosotros –añadió poniéndole la mano en el brazo–. Me encantaría que fuéramos amigas.

Freya sonrió encantada.

–A mí también me encantaría –contestó con un nudo en la garganta.

Estaba muy contenta de tener la oportunidad de establecer una relación con la madre de Zac, pero debía tener claro que había llegado el momento de tener una conversación similar con él.

No podía quedarse en Mónaco como su invitada de manera indefinida y no estaba dispuesta a aceptar quedarse allí en calidad de amante, así que tendrían que dilucidar entre los dos cómo se iban a hacer cargo de Aimee si vivían a miles de kilómetros de distancia.

La comida discurrió con tranquilidad. Yvette le contó muchas cosas de la infancia de Zac. Por lo visto, Zac había sido un niño feliz. Por cómo hablaba Yvette, era obvio que le había encantado ser madre y Freya se encontró preguntándose por qué no habría tenido más hijos.

–¿Y qué quieres que hagamos tú y yo, *ma petite*, mientras tus papás se van en barco esta tarde? –le preguntó Yvette a su nieta después de comer–. ¿Quieres que nos vayamos a jugar al columpio?

Aimee se puso a aplaudir y se bajó del regazo de su madre, agarró a su abuela de la mano y corrió hacia el columpio de madera que colgaba de un árbol y que la tenía fascinada.

–No me hace mucha gracia dejarla aquí –murmuró Freya–. Vete tú a navegar, yo prefiero quedarme.

–No pasa nada porque te separes de ella un par de horas. Mi madre la cuidará bien –le aseguró Zac–. Te vendrá bien relajarte un poco. Supongo que estar sola para cuidar de Aimee habrá sido muy estresante, pero ahora somos dos y te puedes relajar.

–Nunca me ha costado cuidarla –protestó Freya omitiendo parte de la verdad, pues era cierto que a veces se había sentido desbordada.

–Lo has hecho fenomenal, pero seguro que no ha sido fácil. Ya no estás sola, Freya, ya va siendo hora de que lo aceptes –sonrió–. Además, quiero hablar contigo, quiero proponerte una cosa.

Freya se preguntó si Zac iba a volver a insistir sobre la propuesta que le había hecho para que volviera a su cama. Por mucho que intentaba sentirse indignada, lo cierto era que no sabía si iba a ser capaz de negarse si Zac intentaba hacerle el amor de nuevo.

Freya decidió acompañarlo porque sabía que, si se negaba, Zac era capaz de tomarla como si fuera un saco de patatas y llevarla así al puerto y prefería mantener la dignidad.

Al llegar al puerto y respirar profundamente, se relajó. Siempre le había encantado el mar y el Isis era un yate fabuloso y lujoso. Una vez dentro, Freya recordó cuando había entrado como parte de la tripulación, una chica joven e ingenua que pronto había caído rendida ante los encantos de su patrón.

–Has dicho que querías que habláramos –le dijo una vez en cubierta.

Cuando Zac alargó el brazo y le retiró un mechón de pelo de la cara, no pudo evitar dar un respingo.

–Tenemos que hablar de nuestra relación, de cómo será cuando hayas accedido a venirte a vivir de manera permanente a mi casa –contestó Zac.

–Entonces, va ser una conversación muy corta porque no tenemos ningún tipo de relación y yo no tengo ninguna intención de venirme a vivir contigo de manera permanente –murmuró.

–Tienes una lengua muy larga… la podrías utilizar para otras cositas… –sonrió Zac mirándola como si se estuviera recreando en su belleza–. Cuando estoy contigo, *chérie*, me siento más vivo que nunca –añadió besándola y dejándola con la respiración entrecortada.

Freya lo quería y sabía que Zac quería a Aimee. ¿Era suficiente como para tragarse su orgullo y aceptar su propuesta? ¿Acaso debería dejar de soñar con encontrar a un hombre que la amara? ¿No sería suficiente con tener una vida lujosa y unas sesiones de sexo increíbles?

Cuando Zac apartó sus labios, Freya se dio cuenta de que no quería hablar. Lo que quería era que la llevara al camarote, la depositara sobre la cama y le hiciera el amor.

–Vamos a hablar, sí, pero dentro de un rato –dijo Zac–. Primero, vamos a nadar y a tomar el sol. Tenemos toda la tarde para relajarnos.

¿Cómo se iba a relajar Freya cuando la estaba mirando de manera tan explícita?

–No me he traído bañador –contestó.

–No te preocupes, en el barco hay de todo –le dijo Zac guiándola escaleras abajo.

El minúsculo biquini verde y dorado que Zac había comprado para ella dejaba mucho que desear. Se trataba de tres piezas triangulares que apenas le tapaban los pechos y la entrepierna, pero a él parecía encantarle.

La tensión sexual se había vuelto a instalar entre ellos con fuerza tangible. Freya llevaba toda la tarde intentando ignorar la química que había entre ellos, pero, al mirarse en los ojos de Zac y ver su deseo, supo que él debía de estar viendo lo mismo en los suyos.

Freya se dijo que no debía olvidar que aquel hombre era el mismo que dos años atrás la había embaucado y se la había llevado a la cama, pero que nunca la había tomado en serio, tal y como demostraba que jamás le hubiera dicho que se había hecho una vasectomía para no ser padre, era el mismo hombre que, cuando se había quedado embarazada, se había negado a creer que el hijo que esperaba fuera suyo, el hombre que le había destrozado el corazón con sus insultos, el mismo hombre que aceptaba ser el padre de Aimee por los resultados de las pruebas de paternidad, pero no porque confiara en ella.

Freya tomó aire, se incorporó en la hamaca y se dirigió a Zac.

–Ya va siendo hora de que volvamos a casa.

–No te preocupes, no hay prisa, Aimee está con mi madre y está bien.

–No, me refiero a que ya va siendo hora de que Aimee y yo volvamos a Inglaterra –le explicó–. El club náutico me ha escrito una carta preguntándome cuándo voy a volver y me parece justo darles una fecha exacta. No pueden esperarme indefinidamente.

Zac dio un respingo y se sentó en la hamaca, frente a ella.

–¿Te gusta mucho tu trabajo? –le preguntó.

–No, la verdad es que no, es sólo un trabajo –contestó Freya sinceramente–. Se portan bien conmigo y está bien pagado –añadió–. Necesito trabajar, Zac –concluyó al ver que Zac enarcaba las cejas.

–¿Por qué? Antes sí, pero, ahora que sé que Aimee es mi hija, no tienes necesidad. ¿Cómo se te pasa por la cabeza llevártela de aquí cuando es obvio que aquí es muy feliz? –le preguntó enfadado–. No pienso permitir que le causes ningún daño ni que la obligues a vivir en esa porqueriza que eufemísticamente llamas hogar. Además, a mi madre le partiría el corazón separarse de su nieta.

Freya tuvo que morderse la lengua para no decirle que se había visto obligada a vivir en una porqueriza porque él no había confiado en ella cuando le había dicho que iban a tener un hijo. En aquel momento, lo que tenían que hacer era hablar como dos adultos tranquilos porque lo que estaba en juego era el futuro de su hija.

–Te aseguro que soy consciente de lo mucho que tu madre quiere a Aimee y me encantaría que su relación siguiera adelante, pero yo tengo mi vida en Inglaterra.

–Pues vuélvete a Inglaterra –le espetó Zac–, pero irás sola. La vida de Aimee está ahora aquí, con su familia que la quiere.

–¿Estás insinuando que yo no la quiero? –contestó Freya poniéndose en pie indignada–. Daría mi vida por ella y jamás la abandonaré, como hizo mi madre conmigo –añadió girándose con lágrimas en los ojos–. Déjame en paz –añadió cuando Zac intentó agarrarla de la mano–. Comprendo perfectamente que quieras ser un buen padre, pero no puedo dejarla aquí contigo, entiéndeme –añadió cuando Zac se puso en pie, la tomó entre sus brazos y la miró a los ojos–. Los dos la queremos mucho, no sé cómo vamos a hacer para encontrar una solución que nos permita a los dos ser padres a tiempo completo –concluyó con tristeza.

–Esa solución existe –le dijo Zac–. La solución es que nos casemos.

Freya sintió que durante unos segundos una profunda alegría se apoderaba de ella, pero pronto desapareció, en cuanto se dio cuenta de que Zac estaba dispuesto a casarse con ella, pero no a amarla ni a serle fiel.

–Dices que no sabes cómo podríamos hacer para ser los dos padres a tiempos completo de Aimee y yo te sugiero que nos casemos, me parece la solución más fácil –insistió Zac.

–¿Cómo va a ser la solución que nos casemos cuando no nos soportamos? Entiendo que la única razón para que nos casemos sería que nuestra hija tuviera una familia estable y supongo que al principio podría funcionar, pero, ¿cómo se sentiría Aimee cuando al crecer se diera cuenta de que estamos juntos sólo por ella? No sería justo para la niña ni para nosotros tampoco. ¿Y si conocieras a otra mujer y te enamoraras de ella? ¿Y si me enamorara yo? Tendríamos que hacer pasar a Aimee por un divorcio o sacrificar lo que sentimos y no ser felices con otra persona.

–Te prometo que, si nos casamos, te seré fiel –contestó Zac–. Claro que no sé si habrá alguien en tu vida –añadió sintiendo náuseas ante la posibilidad de que Freya pudiera tener otra pareja en Inglaterra, otro hombre con el que quisiera casarse y que pasaría a ser el padrastro de su hija.

–En estos momentos, no hay nadie en mi vida –murmuró Freya–, pero, ¿quién sabe lo que nos deparará el futuro? A lo mejor, mañana conozco a mi alma gemela… la verdad es que me gustaría saber lo que es el amor de verdad, algo de lo que mi vida ha carecido por completo.

–Ese amor del que hablas es algo de cuentos infantiles –contestó Zac con impaciencia–. Un matrimonio de verdad se basa en la amistad, el respeto mutuo y los objetivos en común, en nuestro caso el deseo de que nuestra hija crezca en un entorno familiar feliz.

–En un matrimonio, hay algo más que un contrato –objeto Freya.

–¿Te refieres a la pasión? No creo que tú y yo tengamos ningún problema en ese terreno –sonrió apoderándose de su boca–. Nuestro matrimonio podría funcionar perfectamente –añadió besándola por el cuello hasta llegar a sus pechos.

Freya sentía su aliento cálido sobre la piel y los senos le habían aumentado de volumen y pedían a gritos que los acariciara. No podía pensar con claridad y no opuso resistencia cuando Zac le desabrochó el biquini y la dejó desnuda de cintura para arriba.

Freya se preguntó si debería dejar de soñar con la luna, si no haría mejor en aceptar lo que Zac le ofrecía. Aunque no la quisiera, quería casarse con ella y parecía que estaba dispuesto a ser un esposo fiel y un buen padre para Aimee.

Cuando Zac le puso la palma de la mano sobre el pecho y comenzó a acariciarlo, Freya sintió un placer tan intenso que arqueó la cadera hacia él.

Cuánto lo quería. Era el único hombre al que amaría jamás, pero no estaba tan segura de que Zac pensara lo mismo. Tal vez, en aquellos momentos, estuviera decidido a serle fiel, pero podría conocer a otra mujer y entonces ¿qué sería de ella? Sería como morir en vida. Después de haberse pasado toda la infancia sabiendo que su abuela apenas la toleraba, saber que su marido no la quería sería espantoso.

–¿De verdad crees que podrías experimentar

una pasión como ésta con otra persona, Freya? –le preguntó Zac.

–Puede que no, lo reconozco, pero no me parece razón suficiente como para casarme contigo –contestó–. Tiene que haber otra manera de que podamos compartir a Aimee y podamos seguir cada uno con nuestra vida.

Zac había pasado toda su vida adulta evitando los compromisos, pero, de repente, la libertad se le hizo insoportable si traía aparejada la idea de que Freya siguiera adelante con su vida sin él.

Sabía que Freya era una mujer de principios y tan testaruda como él, así que comprendió que tenía que darle tiempo. Al fin y al cabo, no podía obligarla a que lo acompañara al altar.

Freya se estaba poniendo la parte superior del biquini con manos temblorosas. Era evidente, así lo demostraban sus pezones erectos, que lo deseaba y que estaba luchando para no entregarse.

–¿Es tu última palabra al respecto? Te niegas a casarte conmigo, pero reconoces que tenemos que establecer un compromiso por el que ambos nos involucremos en la crianza de Aimee –comentó–. Estoy de acuerdo siempre y cuando tú tengas claro que Aimee se queda en Mónaco –añadió.

–La palabra compromiso quiere decir que ambos estaremos de acuerdo, no que uno de nosotros tenga que ceder –murmuró Freya.

Zac se puso en pie cuando apareció en cubierta el capitán. Freya no entendió lo que le decía en francés, pero comprendió por el lenguaje corporal de Zac que algo sucedía.

–¿Qué ocurre? –le preguntó a Zac.

–Mi madre ha mandado un mensaje diciendo que Aimee no se encuentra bien. Nos damos la vuelta y volvemos a puerto.

–¿Qué quiere decir que no se encuentra bien? –quiso saber Freya poniéndose nerviosa–. Seguro que tu madre te ha dicho algo más.

–No, sólo eso –contestó Zac intentando tranquilizarla–. Estaremos allí en menos de una hora –le aseguró–. Es muy posible que mi madre se haya asustado más de lo estrictamente necesario. Hace años perdió dos hijas y, desde entonces, es muy protectora y se asusta con facilidad.

–Oh, no sabía nada, qué golpe tan fuerte –se lamentó Freya sinceramente–. ¿Fue antes de que tú nacieras?

Zac no parecía muy dispuesto a hablar del tema, pero, al final, lo hizo.

–No, aquello sucedió cuando yo tenía catorce años, era lo suficientemente mayor como para entender el dolor de mis padres, pero no podía hacer nada para consolarlos.

–Seguro que tu sola presencia les fue de mucho consuelo –contestó Freya.

Se le ocurrían varias preguntas sobre el tema, pero era evidente que Zac prefería no hablar de aquella tragedia familiar, así que permaneció en silencio.

A pesar de lo que Zac le acababa de contar, Freya tenía la intuición de que Yvette no estaba exagerando. El trayecto de vuelta al puerto se le hizo eterno.

Cuando llegaron a casa de la madre de Zac, Freya se tiró del coche prácticamente en marcha y entró corriendo al salón, donde encontró a su hija tumbada muy pálida en el sofá. A su lado, había un médico.

–¿Qué ocurre? ¿Qué le pasa? –preguntó.

–Cuando volvimos de jugar en el columpio, estaba cansada. Me sorprendió porque sé que suele dormir una siesta por la mañana, pero la eché en el sofá para que descansara. Ha dormido dos horas. Se ha despertado cuando he abierto las persianas y se ha puesto a llorar, como si le molestara la luz. Desde entonces, no se ha movido de ahí. El médico me ha dicho que tiene bastante fiebre –sollozó.

–¿Qué cree usted que tiene? –le preguntó Freya al doctor.

–No estoy completamente seguro, pero parece meningitis –contestó el terapeuta con expresión grave–. La ambulancia acaba de llegar, creo que es mejor que la llevemos al hospital. Tranquila, *madame*, su hija está en buenas manos –le aseguró a Freya al ver su cara de susto.

Meningitis.

Aquella palabra daba vueltas en la cabeza de Freya mientras la ambulancia se abría paso entre el tráfico. La peor pesadilla de cualquier madre, una enfermedad que aparecía de repente y que podía tener resultados fatales.

Freya se dijo que era imposible que la vida de su hija estuviera en peligro, pero, cada vez que la miraba y la veía inmóvil y pálida, se le encogía el corazón.

Al sentir la mano de Zac sobre la suya, se dio cuenta de que él también lo tenía que estar pasando muy mal. La idea de que podía estar a punto de perder a su hija después de acabar de conocerla debía de hacérsele insoportable.

Freya sentía mucha lástima por él, pero en aquellos momentos solamente había sitio en su corazón para su hija, que era la que realmente la necesitaba.

Capítulo 9

UNA SEMANA después, Freya estaba de pie en el dormitorio de su hija, intentando aguantar las lágrimas mientras miraba la cuna.

Aimee dormía en paz, había recuperado el color y tenía mucho mejor aspecto.

Finalmente, no tenía meningitis sino un virus que la había hecho estar tres días ingresada sin experimentar ninguna mejora.

El cuarto día, había empezado a bajarle la fiebre, había pedido agua, se había comido un plátano y se había puesto a jugar con sus juguetes.

Se había recuperado milagrosamente, pero Freya lo había pasado muy mal. No habría conseguido sobrevivir a aquella semana entera de no haber sido por Zac que, desde el primer momento, la había apoyado en todo.

Había sido la roca a la que Freya se había aferrado sin reservas, pues Zac era un hombre fuerte que no había dudado en pagar a uno de los mejores pediatras del mundo. Freya no había protestado, todo lo contrario, se había tragado el orgullo y había dado gracias al cielo de que Zac tuviera los medios económicos suficientes como para darle a su hija el mejor tratamiento médico.

Y, sobre todo, se había dado cuenta de que Aimee tenía que quedarse en Mónaco con su padre.

–Ven conmigo, *chérie* –le dijo Zac entrando en la habitación–. Jean se va a quedar con ella esta noche.

–No me puedo creer que esté tan bien –murmuró Freya con un nudo en la garganta–. Hace sólo una semana... creía que la iba perder... casi me muero de miedo –sollozó.

–Llora tranquila, desahógate –le dijo Zac acercándose y abrazándola–. Aimee está completamente curada –añadió tomándola en brazos–. La que me preocupas ahora eres tú. Apenas has dormido durante esta semana y no te he visto comer hace días. No puedes continuar así. Si no te sabes cuidar tú, voy a tener que cuidarte yo –le dijo con firmeza.

Freya no tenía fuerzas para discutir.

–A la cama –anunció Zac llevándola a su habitación y depositándola en la cama–. Necesitas dormir. ¿Quieres que te ayude a ponerte el camisón?

–No, ya puedo yo –contestó Freya.

En realidad, le habría encantado que Zac se quedara con ella, abrazándola y dándole fuerzas, pero no se atrevió a pedírselo.

–Si necesitas cualquier cosa, llámame –se despidió Zac–. *Bonne nuit, chérie*.

A continuación, apagó la luz y salió de su dormitorio, se dirigió de nuevo hacia el de Aimee y se quedó mirando a su preciosa hija. Los días que había permanecido en el hospital habían sido los peores de su vida, pero ahora todo había pasado, Aimee estaba en casa sana y salva y todo iba a ir bien.

Lo único que tenía que dilucidar era exactamente lo que sentía por su madre.

Cuando salió de la habitación de Aimee en dirección a la suya, vio que todavía había luz en la habitación de Freya y, tras llamar a la puerta, entró. La encontró inquieta. Era evidente que no podía dormir, así que la tomó en brazos y, aunque Freya intentó protestar, la llevó a su dormitorio.

–Se acabaron las peleas –le dijo besándola con ternura y deseándole de nuevo buenas noches tras arroparla–. A dormir.

Freya se despertó cuando todavía no había amanecido. Estaba en el dormitorio de Zac, en la cama de Zac, entre los brazos de Zac.

Zac estaba todavía dormido y Freya se dijo que lo mejor que podría hacer sería salir corriendo, pero estaba tan a gusto cerca de él, cerca de aquel hombre al que tanto quería, que suspiró, cerró los ojos y aspiró su aroma.

Al instante, sintió que el deseo se apoderaba de ella y se dijo que debería huir antes de que Zac abriera los ojos y se diera cuenta de lo que le estaba sucediendo, pero no lo hizo, alargó el brazo, le puso la mano sobre el corazón y dejó que el latido reverberara por las yemas de sus dedos.

Tras un rato saboreando aquellos momentos, dejó que su mano se deslizara hacia el abdomen de Zac y tuvo que parar allí pues se encontró con la barrera de sus calzoncillos, que le impedía seguir explorando.

Sin embargo, llevada por el deseo, deslizó la mano por dentro de la cinturilla elástica y dio un respingo acompañado de un grito cuando sintió la mano de Zac sobre la suya.

–Estás siguiendo un camino que sólo tiene una salida, *chérie* –sonrió de manera sensual–. ¿Estás segura de que quieres seguir adelante?

–Sí –contestó Freya sin dudar, dejándose llevar por los dictados de su corazón.

Zac no la quería y, tal vez, jamás la quisiera, pero le tenía efecto y se preocupaba por ella. Se lo había demostrado la noche anterior y se lo había demostrado durante toda la enfermedad de su hija. Era cierto que, cuando la había rechazado de manera cruel dos años atrás, le había roto el corazón, pero, desde que se había enterado de que Aimee era hija suya, había hecho todo lo que había estado en su mano para recompensarle por lo que había hecho.

Freya se dijo que nada era perfecto y que, por lo menos, Zac no había hecho falsas promesas que no podría cumplir. La verdad era que, sin él, no se sentía viva, así que tanto su hija como ella se iban a quedar allí.

Cuando miró a Zac a los ojos, comprobó que el deseo también se había apoderado de él y comprendió que, en aquella ocasión, no había marcha atrás.

–Zac –dijo con emoción mientras él la besaba lentamente.

–Te he echado mucho de menos, Freya –murmuró Zac besándola por el cuello y quitándole el camisón.

–Zac, por favor –imploró Freya arqueando las caderas mientras Zac acariciaba todos los recovecos de su cuerpo.

Zac no parecía tener prisa, se estaba deleitando en cada centímetro de su piel, dándole placer con los dedos y con la lengua, pero Freya ya no podía más, lo quería en aquel mismo instante dentro de ella, le parecía que llevaba toda la vida esperando aquel momento y no podía soportar más prolegómenos.

–Tranquila, *mon coeur*, quiero que este festín dure, quiero saborearte bien –contestó Zac deslizándose por su cuerpo hasta colocar la cabeza entre sus piernas.

Una vez allí, le separó los labios vaginales y procedió a lamer una de las zonas más sensibles de su cuerpo… muy lentamente, tomándose su tiempo, sin prisas. Cuando Freya creyó que ya no iba a poder aguantar más placer, Zac se colocó un preservativo y la penetró con la misma lentitud y mimo.

Freya alcanzó el orgasmo varias veces y Zac se dejó ir, por fin, con una gran sonrisa de satisfacción.

Durante un buen rato, permanecieron ambos en silencio. Lo único que se oía era el reloj de pared. Zac se había tumbado boca arriba y Freya estaba tumbada sobre él, mirándolo a los ojos.

–Quería darte las gracias por todo lo que has hecho por Aimee y por mí esta semana pasada –le dijo–. No sé qué habría hecho sin ti.

–Me considero bien pagado –bromeó haciéndola sonrojarse–. Ahora que sé lo agradecida que puedes llegar a ser, te prometo que, a partir de hoy, voy a dedicarte todo el tiempo que pueda para que tengas que darme las gracias todas las noches y, si hay suerte, alguna vez también durante el día.

–No te lo decía por eso... –protestó Freya intentando no ruborizarse.

–Lo siento *ma petite*, pero llevaba dos semanas teniendo mucha paciencia y ahora estoy muy hambriento, parezco el lobo feroz –sonrió Zac.

–Ya lo veo –murmuró Freya, sintiendo su erección entre las piernas de nuevo.

Zac la sentó sobre su sexo y comenzó moverse en su interior. Freya se sentía como una diosa, dominando el mundo, disfrutando del momento, sintiendo exquisitos espasmos de placer por todo el cuerpo.

Zac le agarró las nalgas con fuerza y comenzó a moverse, dejando siempre que fuera Freya quien guiara. Hasta que ambos llegaron al orgasmo al unísono.

En aquella ocasión, se quedaron tumbados uno al lado del otro, mirándose a los ojos.

–Eres menuda y delicada, pero tienes una fuerza interior increíble, *chérie* –comentó Zac apartándole un mechón de pelo de la cara y viendo que Freya estaba encantada ante su admiración–. Seguro que podrías haber aguantado lo de la semana pasada sin mí. Creo que ya has demostrado más que de sobra durante los dos últimos años que puedes con todo, que eres capaz de hacerte cargo de una niña tú sola, pero partir de ahora yo me encargaré de Aimee y de ti. Créeme.

–Te creo, Zac –murmuró Freya–. He estado pensando y he decidido que... Aimee se va a quedar a vivir aquí, en Mónaco y que... si tu propuesta sigue en pie, me quiero casar contigo.

–Piénsalo bien –la interrumpió Zac, tan impaciente por convencerla que no escuchó sus palabras–. En el momento en el que te conviertas en mi esposa, no tendrás que trabajar. Podrás pasar todo el tiempo que quieras con Aimee. Es una buena idea, ¿verdad? Tú sabes mejor que nadie que una niña pequeña necesita a su madre cerca.

–Claro que sí –contestó Freya–. Aimee necesita el amor y el cuidado de su padre y de su madre y me parece que lo mejor es que nos casemos, es la solución más lógica –añadió contenta de que no se le notara que se le estaba rompiendo el corazón.

Había soñado toda su vida con una historia de amor eterno, pero tenía que ser pragmática y darse cuenta de que los cuentos con final feliz no existían. Por eso, estaba dispuesta a aceptar la propuesta de matrimonio de Zac aun a sabiendas de que sólo era un contrato basado en la conveniencia y en el deseo de ambos de hacer lo mejor para su hija.

–Claro, la lógica lo es todo –contestó Zac indignado.

Freya había aceptado su propuesta de matrimonio sin rastro de entusiasmo, como quien pide cita para ir al dentista. Se apresuró a decirse que no había nada de malo en basar su unión en la lógica. Freya ya no era una chica fácil de impresionar sino una mujer independiente que se las había apañado bastante bien sin él y que volvería a hacerlo si tuviera necesidad.

Evidentemente, había sopesado los pros y los contras de casarse con él y había tomada una decisión basada en el sentido común y no en una emoción.

Admiraba su determinación, admiraba que quisiera hacer lo correcto para su hija, pero no podía negar que se sentía en cierta manera herido porque lo viera como una solución lógica a un problema y no como al hombre con el que quería pasar el resto de su vida.

–Bueno, pues ahora que has accedido a casarte conmigo, lo único que tenemos que hacer es decidir qué tipo de boda queremos –comentó incorporándose y apoyándose en las almohadas.

Freya se sentía atrapada, pero se dijo que se había metido ella solita en la trampa. Su matrimonio estaría basado en el deseo sexual y en el amor que ambos profesaban a su hija. Se dijo que muchos matrimonios que habían salido bien habían comenzado con mucho menos. Seguro que, con un poco de esfuerzo por ambas partes, su relación funcionaría.

–Supongo que tú querrás una boda pequeña que no cause mucho revuelo –murmuró Freya apartando la mirada.

–Tengo intención de casarme una sola vez en la vida, así que quiero hacerlo por todo lo alto –la sorprendió Zac–. Si no te apetece nada grandilocuente en la iglesia, haremos una ceremonia sencilla, pero tengo muchos amigos y parientes y quiero que la fiesta sea sonada. Aimee será una dama de honor adorable y, por supuesto, te tienes que hacer un vestido de novia, habrá muchas flores y tendrás un precioso anillo. Quiero hacerlo bien, Freya –añadió al verla sorprendida–. Puede que no nos estemos casando por las razones típicas, pero estoy encantado de que vayas a ser mi mujer.

Freya se dijo que lo que había querido decir Zac era que no se iban a casar por amor, como otras parejas. Aquello hizo que se le encogiera el corazón. Era una estupidez sentirse tan dolida, así que se encogió de hombros para hacerle creer que no le importaba cuando, en realidad, no le habría importado casarse en un pesebre vestida con un saco de patatas siempre y cuando la hubiera querido.

–Es evidente que has estado pensando en este tema mucho más que yo, así que dejo los preparativos de tu cuenta.

Dicho aquello, se envolvió en las sábanas y se levantó de la cama. Se iban a casar por conveniencia, pero era cierto que existía entre ellos una gran pasión. El único miedo que tenía Freya era que no sabía qué pasaría si la pasión de Zac por ella desapareciera.

¿Estaría encantado de que fuera su mujer entonces, cuando ya no la quisiera en su cama?

–Voy a ver a Aimee, supongo que ya se habrá despertado –anunció nerviosa por distanciarse de él.

Capítulo 10

TRES semanas después, Freya seguía preguntándose si no estaba loca por haber accedido a casarse con Zac.

Sin lugar a dudas iba a ser lo mejor para Aimee, pero, ¿podría ser ella feliz estando casada con un hombre que no la quería? Lo único de lo que estaba segura era de que la compatibilidad física entre ellos era maravillosa. Todas las noches compartían cama, sus cuerpos daban rienda suelta a su creatividad y Freya tenía claro que estaba hecha para amar a aquel hombre.

En cuanto Zac la reclamaba, corría a sus brazos con el corazón latiéndole aceleradamente. Sus manos y su lengua eran instrumentos de tortura sensual que Zac utilizaba sin misericordia para explorar su cuerpo.

Freya se sabía esclava del deseo, pero veía que a Zac le pasaba lo mismo y aquello la consolaba. Parecía que cada día que pasaba la deseaba más y más, pero solamente habían transcurrido tres semanas y Freya no podía dejar de preguntarse qué ocurriría dentro de tres meses o de tres años.

Freya buscó al que sería su marido en una semana entre los invitados a la fiesta, que estaba teniendo lugar en un salón privado del famoso casino de Montecarlo. A pesar de que llevaba un vestido maravilloso, pendientes de platino y diamantes y el exquisito solitario de diamante que Zac le había regalado como anillo de pedida, Freya se sentía fuera de lugar.

Aquella vida de multimillonarios no tenía nada que ver con la vida que ella llevaba en Inglaterra. Aquél era el mundo de Zac, pero no el suyo y estaba segura de que las amistades de Zac estarían comentando, después de que él hubiera anunciado su compromiso, que era una cazafortunas que estaba utilizando a su hija para atraparlo.

Lo vio rodeado de un grupo de amigos y se acercó, preguntándose qué vería en ella cuando había allí mujeres mucho más guapas. Se sintió más segura cuando Zac se giró, la miró y sonrió como si fuera la única mujer en la tierra que le interesara.

–Hola, *chérie*, te estaba buscando –la saludó pasándole el brazo por la cintura y rozándole la boca con los labios.

La estaba mirando con tanto deseo que Freya comprendió que no iba a tardar mucho tiempo en encontrar una excusa para irse de la fiesta, lo que a ella le parecía una idea maravillosa, pues estaba deseando perderse en su mundo privado de placer sensorial que compartían todas las noches.

En aquellas sesiones de sexo, se mezclaba lo más primitivo y algo de ternura que hacía que Freya albergara algún tipo de esperanza.

–Espero que estés disfrutando de tu última semana de soltero, Zac –le dijo su amigo Benoit Fournier.

–Estoy deseando que llegue el día de la boda –sonrió Zac mirando a Freya los ojos.

Freya pensó que había dos posibilidades: una, que Zac fuera un actor maravilloso y, otra, que de verdad estuviera empezando a quererla. No pudo evitar que la alegría se apoderara de ella.

Freya se dijo que no debía hacerse ilusiones, pero parecía que sinceramente Zac la miraba con cariño. A Freya le latía el corazón tan aceleradamente ante la emoción que supuso que Zac se estaría dando cuenta.

–Te entiendo perfectamente –se rió Benoit–. Camille y yo también estamos como locos porque el tiempo pase deprisa –añadió acariciándole la tripa a su esposa.

–¿Cuándo sales de cuentas? –le preguntó Freya a Camille.

–Dentro de tres semanas, pero el mayor nació con diez días de retraso, así que no sé qué pasará esta vez. Louis está encantado con la llegada de su hermanito. Por cierto, ¿Zac y tú vais a tener más hijos? ¿Habéis pensando en darle un hermanito o una hermanita Aimee?

Lo cierto era que Zac y ella no habían hablado de aquel tema y no sabía qué responder. Aimee había sido concebida por accidente, pues Zac nunca había querido tener hijos, pero ahora estaba completamente entregado a su hija. Si la vasectomía no había funcionado la primera vez, no había razón para que funcionara la segunda.

Freya se quedó mirando la tripa abultada de Camille y sonrió encantada. Lo cierto era que le encantaría verse de nuevo embarazada, darle un hermanito o hermanita Aimee, disfrutar del embarazo junto a Zac…

–Aimee no ha cumplido todavía dos años y, de momento, necesita mucha atención, pero me encantaría tener otro hijo algún día –contestó sinceramente.

Al girarse hacia Zac, vio que había dejado de sonreír y la miraba muy serio y Freya sintió que la sangre se le helaba en las venas.

La conversación discurrió por otros derroteros y Freya consiguió, haciendo un increíble esfuerzo, sonreír y hacer como que no había pasado nada, pero, en realidad, se sentía muy triste, pues Zac no había podido disimular que tener otro hijo le parecía una idea espantosa, lo que había hecho que la pequeña llamita de esperanza que había albergado Freya se apagara irremediablemente.

En aquel momento, la orquesta comenzó a interpretar una canción muy conocida y todo el mundo se dirigió a la pista de baile.

–¿Te apetece bailar? –le propuso Zac, que parecía haberse repuesto–. Recuerdo que la última vez que bailamos me lo pasé muy bien.

Freya se sonrojó al recordar aquella ocasión.

–Tengo que ir al baño… pídeselo a Camille… –se excusó corriendo hacia los servicios.

Necesitaba estar sola unos minutos para asimilar el que Zac no quisiera tener más hijos. Por suerte, el baño estaba vacío. Freya se lavó la cara con agua fría e intentó controlar las lágrimas que le abrasaban los ojos.

Había sido una ingenua. Desde el principio, había sabido que Zac no quería una familia y que, aunque adoraba a Aimee, no había elegido ser padre ni esposo. La única razón por la que se iba a casar con ella era para que su hija tuviera un hogar estable y, por mucho que a ella le gustara que fuera de otra manera, su matrimonio nunca sería un matrimonio convencional.

–Hola, Freya.

Freya sintió que el corazón se le caía a los pies.

–Hola, Annalise, ¿qué tal estás?

Freya sabía que aquel momento podía llegar tarde o temprano, pues Mónaco no era un lugar muy grande. Algún día, se tenía que encontrar con la espectacular modelo, pero era realmente una desgracia que hubiera tenido que ser precisamente esa noche, cuando ya se sentía triste e insegura.

Annalise estaba impresionante con un vestido de seda negro que marcaba sus esplendorosas curvas y llevaba la melena rojiza cayéndole en cascada sobre los hombros.

Freya se alegró de que Zac hubiera insistido en comprarle ropa nueva y, aunque se había estremecido ante el precio del vestido color melocotón que llevaba, se dio cuenta de que Annalise se percataba de que era de una casa de modas exclusiva.

–Me habían dicho que habías vuelto –dijo la modelo sin preámbulo mirando el diamante que Freya lucía en una mano–. Confieso que estoy sorprendida. No sé qué habrás hecho para convencer a

Zac de que se case contigo. Claro que entiendo que un bebé es una herramienta muy útil. Ojalá se me hubiera ocurrido el mismo truco a mí. Todos sabemos que Zac es todo un caballero y que jamás permitiría que su hija no llevara sus apellidos... aunque tengo entendido que no tenía muy claro que fuera el padre de la pequeña y pidió pruebas de paternidad antes de acceder a casarse contigo, ¿no?

Freya se sonrojó.

—Me parece que todo esto no es asunto tuyo —murmuró en tono educado—. Yo nunca le he pedido nada a Zac, es un hombre libre, puede hacer lo que quiere y parece que lo que quiere hacer en estos momentos de su vida es casarse conmigo.

—Por el bien de su hija —comentó Annalise con una seguridad que a Freya la dejó confusa—. Es maravilloso que tengas claro que es un hombre libre. Zac jamás permitiría que lo obligaran a hacer nada que no lo beneficiara. Es evidente que quiere hacerse con la custodia de la niña y sabe perfectamente que, casándose contigo, lo tiene más fácil. Te llevará a juicio una vez casados y ganará.

—Me parece que esta conversación no va a ninguna parte —contestó Freya.

Annalise era una víbora y su veneno estaba empezando a metérsele a Freya en la sangre.

—Pobrecita, siempre fuiste muy inocente —se rió la modelo—. ¿Sabes que nos acostamos de vez en cuando? —le espetó—. Pero no te preocupes, bonita, Zac siempre es muy discreto cuando viene a mi casa. —le explicó fingiendo sorpresa al ver la cara de Freya—. ¿De verdad creías que se quedaba trabajando hasta tan tarde todas las noches? Llevamos años acostándonos porque a los dos nos apetece. Te advierto que no creo que tu maravillosa vida doméstica vaya a durar mucho porque Zac no es un hombre de estar en casa, a Zac le gusta vivir al límite y pronto se cansará de sentirse atado y se aburrirá de los hijos.

Dicho aquello, Annalise abandonó el servicio, dejando a Freya sintiéndose fatal.

Una vez a solas, Freya se miró al espejo y se dijo que la modelo mentía. Para empezar, Zac le había hecho el amor todas las noches en las últimas semanas. Tendría que ser Superman para estar acostándose también con la modelo francesa.

Freya tomó aire y salió del baño. Nada más hacerlo, vio a Annalise yendo directamente hacia Zac, que estaba en la pista de baile. Al llegar a su lado, lo besó en ambas mejillas y le dijo algo al oído que lo hizo sonreír. Había entre ellos una familiaridad y una naturalidad propia de los amantes.

Freya sintió que se mareaba. No podía ser cierto. Por favor, que no fuera cierto. El sentido común le decía que había muchas posibilidades de que Annalise le hubiera mentido. Además, si quería que su matrimonio funcionara, iba a tener que confiar en Zac. Al fin y al cabo, le había dicho que iba a serle fiel.

Claro que, a lo mejor, se lo había dicho solamente para convencerla de que se casara con él. ¿Así iba a ser su matrimonio? ¿Los celos la consumirían poco a poco? ¿Cada vez que fueran a una fiesta tendría miedo de que su amante de turno estuviera también allí?

La idea se le hacía insoportable y Freya se encontró ahogando un sollozo mientras Zac bailaba con Annalise.

Aun a sabiendas de que no la quería, había aceptado compartir la cama con él, se había mentido a sí misma diciéndose que sería suficiente, pero ahora comprendía que no podía seguir adelante, pues aquel hombre era el amor de su vida, la otra mitad de su alma, sin él se encontraba incompleta.

Su destino era vivir con una terrible herida en el corazón porque nunca la había amado y jamás la amaría.

Haciendo un esfuerzo sobrehumano, Freya consiguió seguir sonriendo durante el resto de la velada, pero, cuando se subió al coche para volver a casa, se dio cuenta de que sentía un pesado lastre en el corazón.

–¿Qué te pasa, cariño? ¿Te duele la cabeza? –le preguntó Zac al ver que tenía mala cara.

Freya sabía que podría aprovechar la excusa. De hacerlo, Zac insistiría en que se fuera a dormir nada más llegar a casa y no le haría el amor. Necesitaba estar sola. Su encuentro con Annalise la había dejado destrozada.

¿Acaso Zac no quería tener más hijos para no sentirse más atado a ella? ¿De verdad se estaba acostando con Annalise?

–Me encuentro bien –contestó a pesar de que sentía que el corazón se le estaba rompiendo de dolor.

Freya permaneció en silencio durante el resto del trayecto. Mientras subían en el ascensor, se dio cuenta de que Zac la miraba y, cuando llegaron arriba e intentó irse hacia su habitación, la agarró de la muñeca.

–¿Has perdido el sentido de la orientación? –bromeó–. Mi dormitorio está por aquí. ¿Qué te pasa? No tienes buen aspecto. ¿Te encuentras mal? Si no me cuentas qué te pasa, no te puedo ayudar –le preguntó con impaciencia.

–No me pasa nada –mintió Freya–, pero esta noche me gustaría dormir en mi habitación.

Lo cierto era que Freya no quería contarle nada de Annalise. Si lo hacía, lo más probable era que Zac se diera cuenta de que estaba enamorada de él y no quería que sintiera lástima por ella.

Zac consideró durante unos segundos la posibilidad de tomarla en brazos y besarla hasta hacer caer las barreras que Freya había levantado, pero su aire vulnerable lo hizo pensar que, tal vez aquella noche, hacer el amor no fuera la solución.

–Muy bien, vete a dormir a tu habitación, pero te advierto que dentro de una semana serás mi mujer y, a partir de entonces, tendrás que dormir conmigo todas las noches. Nada de habitaciones separadas. ¿Me has entendido? –le espetó furioso.

–Claro que te he entendido, lo he entendido muy bien –le contestó Freya–. Entiendo perfectamente que el papel que desempeñaré dentro de nuestro matrimonio será el de darte sexo siempre que quieras y donde tú quieras. En lugar de una mujer, seré más bien una fulana. Dime una cosa, Zac, ¿por qué te vas a casar conmigo? No creo que sentirte atado a una esposa y una hija sea lo que verdad quieres en la vida. He visto tu cara cuando esta noche Camille nos ha preguntado si queríamos tener más hijos. Seguro que dentro de poco, te sentirás atrapado por las responsabilidades de ser marido y padre.

–No digas tonterías –protestó Zac sin mirarla a los ojos sin embargo.

–Sé sincero, Zac. ¿Te ves dentro de unos años formando una familia? ¿Te ves teniendo más hijos?

Zac se quedó en silencio unos segundos.

–No –admitió por fin.

Ahora ya lo sabía. Ahora ya sabía que para Zac su matrimonio era algo temporal que duraría hasta que Aimee tuviera cierta edad.

Freya ahogó un sollozo y corrió hacia su habitación, pero Zac la alcanzó.

–Seré un buen padre para Aimee y un buen marido –le prometió.

–No tengo duda de que cumplirás con tus obligaciones, exactamente igual que hizo mi abuela, pero me he dado cuenta de que quiero más. ¿De verdad es tanto pedir que me quieran? –lloró–. ¿De verdad es tanto pedir que algún día alguien me quiera porque me encuentre especial y no por sentido de la responsabilidad? ¿Acaso llevo en mis genes algo que impide que los demás me quieran?

Ante aquellas palabras, Zac se tensó.

–No sabes lo que dices –le dijo–. Ven, deja que te demuestre lo bien que va a salir nuestro matrimonio.

–Quieres decir que quieres sexo – contestó Freya resistiéndose a la tentación de dejar que la llevara a aquel mundo maravilloso en el que se comunicaban sin palabras.

Llevaba semanas engañándose, diciéndose que algún día conseguiría que Zac la amara, pero había llegado el momento de encarar la realidad y no iba ser capaz de hacerlo compartiendo la cama con él.

–No, Zac, esta noche no me apetece, no podría soportarlo –se despidió cerrándole la puerta en las narices.

Por la mañana, cuando bajó a desayunar con su hija, Laurent le dijo que Zac había tenido que irse para solucionar un imprevisto de trabajo.

Aunque a Freya le pareció muy extraño que Zac tuviera que acudir a la empresa un domingo, se mordió la lengua y pasó el resto del día como en una nube de la que no consiguió bajar ni siquiera cuando la madre de Zac le contó entusiasmada los preparativos de la boda, que se iba a celebrar en el jardín de su casa.

Le habían hecho un maravilloso vestido de novia en seda color marfil acompañado por un chal de tul rosa.

Tenía todos los elementos para ser una boda de cuento de hadas, pero faltaba lo más importante, el amor.

Llegó el lunes y Zac seguía sin aparecer. El martes, llegaron seis docenas de rosas rojas a la casa. No había nota, solamente una tarjeta de visita con el hombre de Zac. ¿Por qué se las habría mandado?

Era la primera vez en su vida que alguien le mandaba flores. ¿Tendría idea Zac de lo que aquel simple gesto significaba para ella? Las rosas rojas eran símbolo de amor, pero Freya no quería hacerse ilusiones de nuevo.

Lo echaba muchísimo de menos, así que aquella noche se fue a dormir a la cama de Zac. En algún momento de la madrugada, oyó la puerta y pisadas en el pasillo. Zac había vuelto a casa. Freya sintió una tremenda alegría, aguantó la respiración y esperó.

Estaba nerviosa, así que cerró los ojos para hacerse la dormida. Con un poco de suerte, Zac la tomaría entre sus brazos. No se iba a resistir. Estaba harta de dejarse llevar por el orgullo. No podía luchar contra lo que sentía por él.

Pero Zac no fue a su habitación, habían pasado varios minutos y la puerta no se había abierto. A lo mejor, se había tomado una copa en el salón y se había quedado dormido en el sofá. Freya se levantó, se puso la bata y recorrió el pasillo. La casa estaba en silencio, todo el mundo dormía, pero había luz en la azotea, así que subió las escaleras a toda velocidad.

–¡Zac!

Estaba sentado junto a la piscina con una botella de coñac sobre la mesa. Tenía muy mal aspecto.

–Hola –lo saludó Freya intentando sonreír–. Te he oído llegar... creía que ibas a venir a la cama...

–No creo que me estuvieras esperando y, en cualquier caso, creo que va a ser mejor para los dos que me quede a dormir aquí esta noche.

–¿Para emborracharte? –lo recriminó Freya mientas Zac se servía otra copa.

–Necesito anestesiarme –contestó Zac lacónicamente–. Estos días he descubierto que la vida es más fácil de soportar si tienes la cabeza anestesiada.

–No sabes lo que dices –se lamentó Freya–. ¿Qué te pasa, Zac?

Zac permaneció en silencio tanto rato que Freya creyó que no la había oído. Entonces, de repente, se puso en pie y anunció su sentencia.

–He decidido posponer la boda.

Capítulo 11

FREYA sintió que la tierra se abría bajo sus pies.

–Comprendo –consiguió decir por fin con un nudo en la garganta.

–No, no creo que lo comprendas –murmuró Zac.

–Pues no, la verdad es que no lo comprendo –confesó Freya acercándose a él y mirándolo sorprendida y herida–. Creía que estábamos de acuerdo en que podríamos conseguir que nuestro matrimonio funcionara... por el bien de Aimee.

–Sí, yo también lo creía, pero me he dado cuenta de que no puedo seguir adelante –contestó Zac mirándola y apretando los dientes.

–¿Por qué no?

Zac volvió permanecer en silencio, pensativo.

–Porque no he sido sincero contigo, Freya y mereces que lo sea.

–¡Oh, no! –se lamentó Freya llevándose la mano a la boca–. Es Annalise, ¿verdad? –añadió mientras las lágrimas le resbalaban por sus mejillas–. No hace falta que me lo cuentes, ya sé que estás teniendo una aventura con ella. Me lo contó en persona el otro día, en el casino.

Zac la miró anonadado.

—¿Cómo dices? Pues claro que no tengo una aventura con Annalise. Ni con ella ni con nadie. ¿De dónde iba a sacar fuerzas después de las impresionantes sesiones de sexo que tengo contigo?

—Pero... Annalise me dijo...

—Me da igual lo que te dijera, te mintió —le aseguró Zac—. Unos seis meses después de que tú te fueras, estuvimos juntos, pero no duró mucho. Nunca significó nada para mí.

—Entonces, ¿por qué me miente?

Zac se encogió de hombros, como si estuviera aburrido de hablar de la modelo.

—Porque le encanta meter cizaña y porque supongo que está celosa de ti.

Zac hablaba con determinación y Freya decidió que era imposible que fuera mentira lo que le estaba contando.

—Si no me querías hablar de ella, ¿de qué me querías hablar? ¿En qué no has sido sincero conmigo? —preguntó asustada—. Si tiene que ver con nosotros, con nuestra relación, no te preocupes —añadió.

Debía de ser que Zac se había dado cuenta de que estaba enamorada de él y había decidido ser sincero y decirle que él jamás la correspondería.

—Sé que no me quieres y acepto que nunca me querrás —murmuró desviando la mirada.

—Claro que te quiero, Freya —contestó Zac sorprendiéndola—. Durante mucho tiempo, no lo he sabido, pero tú me das la vida. Cuando la niña se puso enferma y te vi tan vulnerable, me di cuenta de que quería protegerte porque eres infinitamente preciosa para mí. No me quiero imaginar la vida sin ti. Supongo que siempre te he querido y supongo que por eso quería casarme contigo aunque nunca me paré a plantearme los verdaderos motivos. Me he pasado varias semanas disfrutando de hacerte el amor, aceptando todo lo que tú me dabas tan generosamente sin darte nada a cambio. *Je t'adore, mon ange*, pero no sé qué voy a hacer. No he sido sincero contigo sobre mí. Hay cosas que debería haberte contado, cosas que tienes derecho a saber. No me puedo casar contigo hasta que no lo sepas todo. No llores, *mon coeur* –le dijo secándole las lágrimas.

–No entiendo nada –sollozó Freya, que se sentía al borde de un precipicio.

–Hace dos años tenía todo lo que el dinero podía comprar, pero no era feliz... hasta que apareció una tímida chica inglesa de ojos verdes y sonrisa maravillosa que me puso la vida patas arriba –le explicó Zac–. Me sentía atraído por ti como jamás me había sentido atraído por otra mujer, pero me dije que era algo solamente sexual. En un abrir y cerrar de ojos, conseguí que fueras mi pareja y, a pesar de que había perdido a mi padre, a pesar de que mi madre estaba pasándolo fatal y a pesar de que tenía una carga de trabajo intolerable, era feliz. Tú me hacías feliz, Freya. Y, entonces, un buen día, me dijiste que estabas embarazada. Yo estaba seguro de que tu hijo no podía ser mío porque, aunque tú no lo sabías, me había hecho la vasectomía porque no quería tener hijos nunca.

–Zac...

–Lo que tengo que decir es muy importante. Déjame hablar, por favor –le rogó Zac–. Creo que ya te he contado que mi madre tuvo gemelas cuando yo era adolescente. Al principio, eran niñas normales y sanas, pero murieron a los pocos meses de nacer. Los médicos descubrieran entonces que mis padres tenían un gen que podía hacer que sus hijos desarrollaran una enfermedad muy extraña e incurable. Yo nunca la he desarrollado, pero mis padres me contaron que había posibilidades de que hubiera heredado el gen y se lo pasara a mis hijos.

Freya sintió que el pánico se apoderaba de ella.

–¿Podría Aimee desarrollar la enfermedad?

–No –le aseguró Zac–. Para que el niño desarrolle la enfermedad ambos progenitores tienen que tener el gen. Si Aimee estuviera enferma, ya lo habríamos notado. Sin embargo, yo tengo el cincuenta por ciento de posibilidades de ser portador. Me hice la vasectomía porque decidí que quería terminar con el gen. Estaba decidido a ser el último Deverell.

Freya entendía ahora por qué Zac no quería tener hijos, pero no comprendía por qué quería posponer la boda cuando le acababa de decir que la quería y que adoraba a su hija.

–Zac, no entiendo... si me quieres... –murmuró.

–Más que a nada en el mundo, *mon coeur* –le aseguró Zac acariciándole los brazos y el rostro–. Cuando me dieron los resultados de las pruebas de paternidad, se apoderó de mí la desesperación. ¿Y si le había pasado el gen de la enfermedad a mi hija? Me puse en contacto con varios expertos especializados en genética y descubrí que en estos últimos años han inventado una prueba para saber si una persona es portadora. Por fin, voy a saber si soy portador. Si lo soy, tendremos que hacerle la prueba a Aimee y significará que no me puedo arriesgar a tener más hijos –le explicó en un hilo de voz–. El otro día, en la fiesta, vi en tu cara lo feliz que te haría tener otro hijo y me di cuenta de que no había sido justo contigo. Llevo tres días en el barco, desesperado, y he decidido que no me parece justo casarme contigo hasta no saber si soy portador y si puedo darte más hijos o no. Ya me he hecho las pruebas y estoy esperando los resultados. Lo estoy pasando fatal. Cuando lleguen los resultados, sabré si me puedo casar contigo. Si son negativos, no hay ningún problema, pero, si son positivos...

–¿Qué pasará entonces? –se desesperó Freya–. ¿Qué quieres que haga entonces? ¿Quieres que me case con otro hombre, que tenga hijos con otro?

–No, claro que no –contestó Zac girándose apesadumbrado y pasándose los dedos por el pelo–. No me haría ninguna gracia verte casada con otro hombre, pero lo único importante ahora es que quiero verte feliz, *chérie*.

–Si quieres que sea feliz, ven aquí –le dijo Freya–. Tú eres el único hombre del mundo que puede hacerme feliz porque eres el único hombre al que quiero. Te quiero, Zac –le dijo abriendo los brazos.

–No me has entendido, quiero posponer la boda hasta saber si puedo darte o no más hijos –insistió Zac tragando saliva.

Freya fue hacia él y lo abrazó. Zac luchó durante unos segundos, pero acabó abrazándola también.

–Llevo dos años eternos esperando que me pidieras que me casara contigo y no pienso esperar ni un día más. Me da igual lo que digan las pruebas. Aimee está sana y, aunque me encantaría tener más hijos, lo importante es que te quiero. Yo lo único que quiero es que tú también me quieras, como yo te quiero a ti, de manera incondicional y para toda la vida.

–Freya... –contestó Zac con la voz rota por la emoción–. *Je t'aime, chérie*, para siempre.

–Cuánto te quiero, Zac –murmuró Freya sin encontrar palabras que pudieran abarcar lo que sentía–. Cuánto tiempo llevo esperando para decírtelo.

–Lo eres todo para mí, Freya –contestó Zac acariciándole el pelo–. Aimee y tú sois mi vida.

–Llevo toda la vida deseando tener una familia y ahora tengo a Aimee, tengo a tu madre, a la que me siento muy unida, y tengo a Jean, que es mucho más que una niñera y, sobre todo, te tengo a ti –le dijo Freya con lágrimas en los ojos mientras le acariciaba el rostro–. Quiero ser tu esposa, Zac, y saber que, nos depare lo que nos depare el futuro, lo encararemos juntos. Habrá altibajos, pero siempre habrá amor, que es lo único que necesitamos.

Zac no contestó, no podía, pues un nudo de

emoción se lo impedía, así que la besó y la acarició con devoción, demostrándole sin palabras que la amaría para siempre.

Tres días después, se casaron.

Su boda resultó ser lo que Freya siempre había soñado, un día de alegría y gozo que comenzó cuando cruzó la pradera de La Maison des Fleurs escoltada por Laurent y con su hija de la mano.

Zac la estaba esperando bajo un templete adornado con rosas rojas y blancas. Cuando la vio aparecer, se acercó para tomar a Aimee en brazos.

—Papá —dijo la niña con una gran sonrisa.

Zac estaba guapísimo y, cuando lo vio, Freya no pude evitar pensar lo mucho que lo amaba. Zac sonrió y Freya sintió que le faltaba el aire.

—No te voy a dejar marchar jamás —murmuró besándole la mano—. Eres mía y ya sabes que cuido mucho mis posesiones.

Dicho aquello, Freya lo acompañó hasta el altar para comprometerse con él para el resto de su vida.

Epílogo

FREYA entró de puntillas en el dormitorio infantil y sonrió al ver que Aimee estaba profundamente dormida en su cama, rodeada por su colección de ositos de peluche.

Ya tenía casi cuatro años y era una niña sana y feliz que no paraba de sonreír y que estaba completamente entregada a sus hermanos gemelos.

En el otro extremo del dormitorio, había dos cunas, ocupadas por dos gemelos idénticos, de pelo oscuro y ojos azules, como su padre.

En cuanto se había enterado de que no era portador del gen que tanto daño había hecho a su familia, Zac había decidido que quería tener más hijos y, como de costumbre, cuando se ponía a algo, no había dejado las cosas a medio hacer.

Luc y Olivier tenían nueve meses y estaban empezando a gatear. Los dos tenían la fuerza de voluntad de su padre, su mismo carácter fuerte y decidido. Prueba de ello era la lucha que había tenido Freya con ellos para ponerles el pijama hacía un rato. Por fin, estaban dormidos. Estaban tan adorables que Freya se inclinó sobre ellos y los besó en la mejilla.

–¿Estás lista? –le preguntó Zac desde la puerta.

–¿Estás seguro de que estarán bien? Es la primera vez que los dejamos solos una noche entera –contestó Freya un poco nerviosa.

–Van a estar estupendamente. Jean y mi madre se quedan con ellos. Ya va siendo hora de que tengamos una noche entera para los dos, sin interrupciones.

–Mmm, qué bien vamos a dormir.

–Yo no contaría mucho con ello, *chérie* –le advirtió Zac mirándola de manera explícita–. Tengo muchos planes para nuestro segundo aniversario de boda y ninguno de ellos es dormir.

Dicho aquello, le tendió la mano, la llevó hasta el ascensor y bajaron al puerto, donde estaba atracado el Isis.

Mientras caminaban, Freya se fijó en Zac, en los pantalones negros y la camisa blanca que llevaba, en lo guapísimo que estaba. Todavía hacía que se le parara el corazón cada vez que lo veía.

–Feliz aniversario –le dijo Zac besándola hasta dejarla sin respiración.

El camarote principal estaba lleno de flores y Freya sintió que los ojos se le llenaban de lágrimas.

–Qué bonitas –suspiró sinceramente, abrazando a su marido–. ¿Adónde me vas a llevar?

–A ningún sitio –sonrió Zac–. Bueno, de momento, nos vamos a quedar aquí un rato, pero luego vamos a salir a navegar por la costa de Antibes y cenaremos allí, pero ahora mismo no es comida precisamente lo que me apetece llevarme a la boca.

–Comprendo –contestó Freya–. Así que me he arreglado para nada. Creo que será mejor que me quite el vestido antes de que se me arrugue.

–Muy buena idea –murmuró Zac deslizando los tirantes del vestido por los hombros de su esposa hasta dejar sus pechos al descubierto.

Una vez los tuvo en las palmas de las manos, gimió de placer y procedió a lamerlos, a atormentar a su esposa con su lengua hasta que le rogó clemencia.

Freya estaba completamente excitada, desesperada por sentirlo dentro. Estaba encantada de que su cuerpo hubiera recuperado su aspecto de antes de estar embarazada y no dudó en ayudar a Zac a desnudarla.

Desde que habían nacido los gemelos, habían hecho el amor de manera más suave, pero aquella noche Zac parecía muy excitado y Freya supo que la ternura se iba a mezclar con la pasión primitiva.

–Eres increíble –murmuró Zac mirándola a los ojos mientras la acariciaba.

A continuación, se desnudó a toda velocidad, se colocó sobre ella y la penetró, haciéndola gemir de placer. Con cada embestida, Freya sentía que el placer iba aumentando y aumentando hasta que, gritando su nombre, se aferró a su cuerpo y dejó que los espasmos la desbordaran.

Mientras se dejaba ir en su interior, Zac pronunció las palabras que Freya siempre había soñado con oír, le dijo lo mucho que la amaría siempre, le dijo que siempre la cuidaría.

–Éste es tu regalo, para celebrar nuestro segundo año de matrimonio –le dijo al cabo de un rato.

A continuación, alargó el brazo y le entregó una pequeña caja de terciopelo de la que sacó un precioso anillo de diamantes y esmeraldas, que colocó junto a su anillo de bodas mientras la besaba.

–Eres mi esposa, mi amante... –le dijo emocionado–... eres la madre de mis hijos y el amor de mi vida. Te querré durante toda la eternidad, Freya –le prometió antes de volver a hacerla suya, antes de demostrarle sin palabras lo que sentía por ella.

Bianca™

**Tenía intención de acostarse con aquella mujer…
pero no de casarse con ella**

Allesandro di Vincenzo conocía bien a las mujeres y sabía que no había ninguna a la que no pudiera seducir… hasta que se cruzó en su camino Laura Stowe y descubrió que había una excepción a la regla.

Laura era una mujer sencilla y pobre que se escondía tras su aburrida apariencia para no acercarse a nadie… incluyendo a Allesandro.

Lo que ella no sospechaba era que tenía la llave que abría la puerta para que él consiguiera el poder empresarial que tanto deseaba. Así pues, Allesandro tendría que seducir a aquel patito feo hasta llevársela a la cama… allí sabría lo que era sentirse bella y deseada.

Dentro de ti

Julia James

Acepte 2 de nuestras mejores novelas de amor GRATIS

¡Y reciba un regalo sorpresa!

Oferta especial de tiempo limitado

Rellene el cupón y envíelo a
Harlequin Reader Service®
3010 Walden Ave.
P.O. Box 1867
Buffalo, N.Y. 14240-1867

¡Sí! Por favor, envíenme 2 novelas de amor de Harlequin (1 Bianca® y 1 Deseo®) gratis, más el regalo sorpresa. Luego remítanme 4 novelas nuevas todos los meses, las cuales recibiré mucho antes de que aparezcan en librerías, y factúrenme al bajo precio de $3,24 cada una, más $0,25 por envío e impuesto de ventas, si corresponde*. Este es el precio total, y es un ahorro de casi el 20% sobre el precio de portada. !Una oferta excelente! Entiendo que el hecho de aceptar estos libros y el regalo no me obliga en forma alguna a la compra de libros adicionales. Y también que puedo devolver cualquier envío y cancelar en cualquier momento. Aún si decido no comprar ningún otro libro de Harlequin, los 2 libros gratis y el regalo sorpresa son míos para siempre.

416 LBN DU7N

Nombre y apellido	(Por favor, letra de molde)

Dirección	Apartamento No.

Ciudad	Estado	Zona postal

Esta oferta se limita a un pedido por hogar y no está disponible para los subscriptores actuales de Deseo® y Bianca®.
*Los términos y precios quedan sujetos a cambios sin aviso previo.
Impuestos de ventas aplican en N.Y.

SPN-03   ©2003 Harlequin Enterprises Limited

Perseguir un sueño
Rebecca Winters

Tras tener que hacerse cargo de su sobrino huérfano, Massimo se dio cuenta de que necesitaba ayuda y le pareció que la solución perfecta era pedirle a la bella tía del pequeño que fuera a Italia a hacer de niñera.

Rodeada de lujo y glamour, Julie Marchant se sentía como un pez fuera del agua, pero le gustaba formar parte de la vida de su sobrino… aunque fuera como niñera contratada. Lo que era más difícil era pasar día tras día con Massimo y no dejarse llevar por la atracción que sentía hacia él.

Junto al maravilloso lago Como se encontraba la mansión del millonario Massimo di Rocche...

Deseo™

Amante tentadora

Katherine Garbera

Después de que su padre le negara un ascenso, la rica heredera Tempest Lambert ofreció sus servicios al peor enemigo de su padre. Pero, ¿qué era exactamente lo que deseaba, aquel trabajo o a su nuevo jefe, el guapísimo Gavin Renard?

Gavin se había hecho millonario absorbiendo empresas, pero hacerse con el imperio de Lambert no era una cuestión de negocios... era una venganza. Podría utilizar a Tempest para conseguirlo... y quizá también convertirla en su amante.

HARLEQUIN Deseo

Amantes

Amante tentadora
Katherine Garbera

Convertir en su amante a la hija de su peor enemigo era un sueño hecho realidad... pero no imaginaba el precio que tendría que pagar